숏타임

숏타임

최우근 산문집

답

미솔에게

목 차

II. 운 명

III. 렛 미 인 •————————————————•

Ⅳ. 그 날

1

숫타임

1.

우
유

국민학교 3학년에 올라가고 며칠 후의 조회시간이었다. 환한 얼굴로 교실에 들어온 담임선생님이 놀라운 소식을 전했다.

"우리 학교가 우유 급식 시범학교로 선정됐다. 좋지?"

우리들은 모두 우와~, 박수를 치며 환호했다. 그리고 잠 잠해졌을 때, 똘똘하기로 소문난 여자애가 물었다.

"선생님, 그게 뭔데요?"

그러자 담임이 빙긋 웃고는 또박또박 말했다.

"우리, 학교가, 우유 있지, 우유. 그거 급식 시범학교로 뽑 혔다는 거야."

아, 그렇구나. 아이들이 굳은 얼굴로 천천히 고개를 끄덕이자 담임은 너희들이 우유를 매일 먹게 되는 거라고 설명했다. 그러자 아이들이 진짜로 흥분하기 시작했다.

와~ 우유를 매일 먹게 되다니… 와….

물론 그때도 시중엔 우유배달 제도가 있었다. 당연히 집에서 우유를 먹는 아이들이 있었다. 남의 집에 배달된 우유를 슬쩍해서 먹는 아이들도 없지 않았다. 하지만 이쪽도 저쪽도 비율은 그리 높지 않았다. 나로 말할 것 같으면 물에 타먹는 가루우유 말고는 먹어본 기억이 없었다.

그날부터 두근두근 설렘이 시작됐다. 학교를 오가고, 오전 수업을 듣고, 도시락을 먹고, 운동장으로 뛰쳐나갔다가, 다시 오후 수업에 임하고… 그 숨 가쁜 일정 사이사이로 문득문득 우유가 떠올랐다.

와~ 우유를 매일 먹게 되다니… 와….

그런데 며칠 후 아버지가 놀라운 소식을 전했다.

"우리 이사 간다."

이사만이 아니라 전학도 가야 한다는 것이었다. 날짜를 따져 보니 우유 급식이 시작되기 하루 전이었다. 그야말로 마른하늘에 날벼락이었다. 아! 나도 모르게 단말마에 가까운 비명이 터져 나왔다. 하지만 그 이상은 내색하지 않았다.

나는 감정, 특히 욕망을 드러내는 데 서투르다. 그 이전부터 그랬다. 아마 두 돌을 넘긴 이후로 줄곧 그랬던 거 같다. 게다가 이사는 이미 확정됐고 돌이킬 수 없는 일이었으니까.

그렇다고는 해도 몹시 우울한 날들이었다. 학교엔 두 부류의 인간이 존재했다. 우유를 매일 먹을 수 있는 인간들, 그리고 나. 처음엔 그들이 부러웠지만 이내 미워졌다. 마치 그들이 모의해서 나를 쫓아내기라도 하는 것처럼. 혼자서 전교생을 상대하자니 기를 쓰고 미워할 수밖에 없었다. 그러자니 너무너무 힘들었고, 그래서 미움이 더 커졌다. 하루라도 빨리 떠나고 싶었다.

마침내 그날이 왔다. 아버지가 전학수속을 하는 동안 나는 아이들과 마지막 인사를 나눴다. 아쉽지도 슬프지도 않았다. 오히려 후련했다. 하지만 교문을 나서는데 느닷없이 심장이 덜컥거렸다. 그렇게 서러울 수가 없었다. 아, 하루만 기다리면 우유를 먹을 수 있는데… 매일 먹기는커녕 우유 맛도 못 보고 학교를 나와야 하다니… 당장이라도 다시 뛰어 들어가서 아무도 찾을 수 없는 곳에 숨어 있고 싶었다. 우유를 먹어볼 수 있는 날까지만이라도.

모퉁이를 돌아 학교가 보이지 않게 됐을 때 갑자기 세상이 흐려졌다. 그리고 걷잡을 수 없이 눈물이 쏟아졌다. 나는 그걸 닦지 않고 흐르는 대로 내버려두었다. 아버지는 저만

치 앞서 가고 있었다. 나는 아버지가 돌아보지 않기를 바랐다. 그리고 아버지가 돌아보기를 바랐다. 내 걸음은 점점 느려졌다. 세상이 싫었고 우유가 원망스러웠다.

아아, 우유를 알기 전의 세상으로 돌아갈 수만 있다면….

갑자기 울음이 소리로 터져 나왔다. 아버지가 낌새를 채고 다가왔다. 나는 아버지가 묻기도 전에 꺽꺽거리며 내가 울지 않을 수 없는 이유를 토해냈다.

"학교, 끅 학교가 우유, 우유… 끅 시범급식 지정 학교 끅끅…"

아버지가 용케 알아들었다.

"우유 먹고 싶어서 기래?"

나는 고개를 가로저으려고 했다. 하지만 머릿속이 뒤죽박죽이어서 그만 세로로 젓고 말았다.

"야, 기렇게 먹고 싶으믄 말을 하지."

마침 주변에 가게가 있었다. 아버지는 당장에 그리로 갈 듯하더니 잠시 주저했다. 이윽고 아버지가 우유를 사주며 말했다.

"야, 이거는 니 형이나 동생한테 말하믄 안 된다."

우유는 제법 큰 병에 담겨 있었다. 마개를 따고 살짝 혀를 대보고는 놀라 자빠질 뻔했다. 우유는 상상했던 것보다 훨씬 맛있었다. 나는 비릿하면서도 고소한 그 맛에 홀딱 반해버리고 말았다. 병 주둥이에 입을 댄 채, 보이지도 않는 학교를 돌아보았다. 전교생에 대한 미움과 질투가 다시 솟구쳤다.

아아, 이 나쁜 놈들. 이렇게 맛있는 우유를 자기들끼리만 매일 마시다니….

저녁이 되자 전혀 예상치 못했던 일이 벌어졌다. 배가 꾸르륵거리더니 전쟁이 시작된 것이다. 뱃속에서 거대한 물결이 생겨나는가 싶더니, 목적지를 향해 맹렬하게 흘러갔다. 괄약근이 엄청난 속도로 수축됐다. 나는 자리를 박차고 일어나 밖으로 뛰쳐나갔다.

그때 우리 집은 산자락에 자리 잡은 작은 하꼬방이었다. 불행하게도 화장실이 엄청나게 멀었고 길이 울퉁불퉁했다. 살펴 가기엔 너무 급했고, 안전하게 달리기엔 너무 어두워져 있었다. 게다가 나는 아무 데서나 엉덩이를 까기엔 너무 점잖은 소년이었다.

밖으로 나서자마자 불길한 기운이 엄습했다. 나는 고도로 정신을 집중했다. 하지만 몇 걸음 옮기기도 전에 좋지 않은 예감의 법칙이 실현됐다. 허둥대다가 자빠졌고 동시에 실수를 저지르고 말았던 것이다.

나는 나설 때보다 엄청 무거워진 팬티와 함께 집으로 돌아갔다. 3학년이나 되는 놈이 바지에 똥을 싸다니…. 수치심과 혼나지 않을 수 없을 것이라는 두려움으로 마당에서 서성대는데 엄마와 여섯 살짜리 여동생이 나왔다. 나는 숨기고 싶었고, 그럴 수 있을 거라고 생각했다. 불 없는 마당은

캄캄했고, 오염된 팬티는 비교적 멀쩡한 바지로 가려져 있었으니까. 하지만 엄마는 단숨에 귀신 같이 알아챘다.

"이게 무슨 냄새야?"

내가 당황해서 주춤거리는 사이 여동생이 쪼르르 달려와서 소리쳤다.

"엄마. 작은 오빠 똥 쌌어!"

여동생을 때리고 싶었지만 손이 너무 더러웠다. 엉엉, 서러운 울음이 터져 나왔다. 엄마는 여동생을 얼른 방으로 들여보냈다. 나는 엄마가 나를 혼내려고 그런 줄 알았다. 뜻밖에도 엄마는 나를 위로했고, 더러운 엉덩이를 씻어줬고, 새로운 팬티로 갈아입혔다. 그리고 엄마는 큰 탈이 난 건 아닌지 걱정했는데, 나는 배시시 웃으면서 괜찮다고 엄마를 달래줬다. 그 순간, 뱃속에서 전쟁이 재개됐다. 나는 즉시 화장실로 이번에는 엄마의 에스코트를 받으면서 달려갔다. 하지만 서너 걸음도 못 가서 사고의 희생양이 되고 말았다. 뱃속에 남아 있던 우유가 물처럼 줄줄 새버린 것이었다. 팬티만 입고 있어서 피해가 최소화된 것이 다행이라면 다행이었다.

우유의 공격은 새벽녘, 내가 팬티 없는 소년이 될 때까지 계속됐다. 다음 날 아침. 잠에서 깨어 배에 살짝 힘을 주어보니 물결의 흐름이 멈춰 있었다. 여유를 되찾자 갑자기 소름이 끼쳤다.

와~ 우유를 매일 먹을 뻔했다니 와….

갑자기 학교 아이들의 분류 방식이 바뀌었다. 매일 우유를 먹지 않으면 안 되는 가련한 아이들, 그리고 나. 매일매일 갈아입을 팬티 여러 장을 가방에 넣고 다닐 수백 명의 아이들을 생각하니 그렇게 측은할 수가 없었다.

며칠 후, 이런저런 수속을 마치고 발걸음도 가볍게 새 학교로 가는데 문득 불안해졌다.

새 학교도 우유를 주는 거 아냐?

아아, 그러면 안 되는데….

2.

젤
리
의

추
억

아주 잘생긴 젤리가 있었다. 연한 갈색의 네모지고 길쭉한 젤리였다. 이름은 모르겠다. 이름 따위 없었는지도 모른다. 아마 불량식품이었을 거다. 그건 낱개로 비닐 포장 되어 털보네 가게의 카운터 앞, 빨간 플라스틱 바구니에 담겨 있었다.

처음엔 엿인 줄 알았다. 그렇게 생각하고 입에 넣었다가 깜짝 놀랐다. 엿 같은 게 아니었다. 어금니로 밀어 넣고 힘을 줬더니 살짝 버티다가는 쉽게 제 몸을 내줬다. 그러더니 달콤한 과일 맛이 입안 가득 화악 번지는 것이었다. 그 첫 경험으로 나는 젤리에 홀딱 반해버렸다.

그건 하나에 5원이었다. 하지만 5원이 생기면 침만 삼켰다. 하나로는 성에 안 찼다. 10원이 모이면 비로소 털보네 가게로 달려갔다. 10원을 내고 빨간 바구니에서 그 잘생긴 젤리 두 개를 집어 들면, 한참이나 망설이다가 양쪽 바지주머니에 하나씩 나눠 넣었다. 그러곤 아는 애들이 안 보이는 때와 장소를 찾아 동네를 빙빙 돌았다. 돌면서 주문을 외웠다.

"어느 것을 먼저 먹을까요, 알아맞혀 봅시다… 요!… 요… 요… 요!"

어느 날부턴가 엄마 아버지의 한숨이 잦아졌다. 그러더니 돈줄이 막혀버렸다. 엄마 10원만…, 콧소리로 흥흥거려도 엄마는 눈만 부라릴 뿐이었다. 파리채로 장롱 바닥을 아무리 긁어도 1원짜리 하나 나오질 않았다. 가난한 집엔 손님도 오지 않았다. 없는 놈이 꿈만 커졌다. 젤리 두 개를 한입에 넣고 우물거리면 이제 죽어도 여한이 없을 것 같았다.

어느 날 기회가 찾아왔다. 아침부터 하늘이 꾸물거렸다. 집에 두 개뿐인 우산은 아버지와 형의 차지였다. 집에서 학교까지 꽤나 멀었다. 국민학교 2학년짜리 걸음으로 한 시간은 걸어야 했다. 학교에 가려고 집을 나서는데, 엄마가 20원을 주며 말했다.

"비 오면 꼭 버스 타. 엉뚱한 데다 쓰지 말구."

집까지 걸어가기만 하면 20원이 굳는다. 그 맛좋은 젤리가 무려 네 개나 생긴다. 수업 시간 내내 창밖을 내다보며 빌고 또 빌었다.

　비야, 오지 마라.

　비야 비야, 오지 마라.

　시커먼 하늘이 점점 낮아지더니, 수업이 끝날 무렵엔 운동장까지 내려왔다. 다행히 비는 내리지 않았다.

　종례가 끝나자마자 전속력으로 내달렸다. 첫 번째 목표는 버스 정류장이었다. 비가 내리기 전에 거길 지나가야 했다. 그전에 비가 내리면 어른들 눈총에 몰려서 버스를 타야 할 것 같았다. 그렇게 되면 내 젤리는 버스에게 먹혀버리게 될 것이었다.

　아이들과 학부모들이 웅성대는 버스 정류장을 저 앞에 두고, 후드득 빗방울이 떨어졌다. 숨이 턱에 차서 헉헉거리면서도 나는 속으로 절규했다. 안 돼… 안 돼… 몸이 조금 젖는 건 상관없었다. 어른들 눈에 띄어 내 젤리를 버스에게 뺏길 수는 없었다. 나는 죽을힘을 다해 달렸고 다행히 버스 정류장을 무사히 통과했다.

　집으로 가는 길은 텅 비어 있었다. 무거운 하늘을 이고 가는 아이는 나 하나뿐이었다.

　괜찮아, 아무 일도 없을 거야.

　나는 스스로를 다독이며 걸음을 재촉했다. 비는 내렸다

그쳤다를 반복했다. 나는 침착하고 요령 있게 대처했다. 후드득, 비가 내리면 어느 집 처마 밑에 들어가 그치기를 기다렸다. 마을을 벗어난 뒤에는 가로수를 이용했다. 그렇게 가다 멈추다를 네댓 번은 반복했던 것 같다. 상의 몇 군데에 물기가 번져 있었지만 마음은 뽀송뽀송했다.

오 젤리, 오오 젤리여~.

이윽고 벌판이 나타났다. 늘 지나던 길이었지만 몹시 낯설었다. 도로 좌우로 논밭이 펼쳐져 있었는데 비를 피할 나무 하나 보이질 않았다. 다행히 비는 그쳐 있었다. 나는 마지막 나무 밑에서 숨을 고르며 생각했다.

이제부터 열을 셀 거야. 다 셀 때까지 비가 오지 않으면 이제 비는 그친 거야. 하나, 둘, 셋… 아홉, 아홉 반, 아홉 반의 반. 아홉 반의반의 반의반… 열!

비는 내리지 않았다. 나는 심호흡을 하고는 성큼, 저 위험한 벌판을 향해 큰 걸음을 내디뎠다. 도로 곁길 아스팔트에 물이 고여, 걸음을 옮길 때마다 찰박찰박 물 튀기는 소리가 경쾌하게 따라왔다. 이제 절반은 왔고, 온 만큼만 더 가면 털보네 가게가 나온다. 콧노래가 절로 나왔다.

오 젤리, 오오 젤리여~.

바로 그 순간, 하늘이 열렸다. 비가 쏟아져 내리기 시작했다. 하늘이 요 자식 맛 좀 봐라, 하고 나를 괴롭히기로 작정한 것 같았다. 몸을 가릴 데가 없다는 것은 알았지만 나도 모르게 주위를 둘러보았다. 물기둥에 가려 아무 것도 안 보였다.

몸을 잔뜩 옹크렸지만 온몸이 급속도로 젖어 들어갔다. 얼마만큼 갔을까? 작은 나무가 나타났다. 나는 그 밑으로 숨어들었다. 허리춤으로 손을 넣어 팬티를 만져봤다. 물이 흥건했다. 그건 말하자면 마지막 보루가 무너진 거였다. 더이상 비를 가릴 이유가 없었다. 나는 나무 밑에서 나와 걸어가기 시작했다.

서서히 비가 잦아들었다. 그건 더 이상 내 관심사가 아니었다. 갑자기 주체할 수 없이 울음이 터져 나왔다. 하늘이 원망스러웠다. 우산을 가져간 아버지도 원망스러웠다. 같은 짓을 저지른 형도 원망스러웠다. 정류장에서 나를 못 본 학부모들도, 길에 나무 하나 심지 않은 사람들도, 아무리 그렇다고 나무 하나 키워내지 못한 길도, 모두가 모든 것이 원망스러웠다.

한참을 어깨를 떨면서 가고 있는데 버스 경적소리가 들려왔다. 거긴 정류장도 아니었는데 차가 멈췄고 차문이 열렸다. 차장 누나가 고개를 내밀고는 걱정 어린 눈으로 나를 보며 말했다.

"아이고 세상에… 꼬마야, 타."

집까지는 두 정거장 정도 남았던 것 같다. 비는 그쳐 가고 있었고 더 이상 잃을 것도 없었다. 나는 단호하게 고개를 저었다. 그러자 차장 누나가 엄하게 말했다.

"안 돼. 그러다 감기 걸려."

"괜찮아요. 다 왔어요."

"너 저 앞 OO동에 살지? 걸어가면 한참 걸려. 버스 타면 금방이니까 얼른 타."

"하지만…."

"차비가 없으면 나중에 내면 돼. 얼른."

나는 믿기지 않는 얼굴로 차장 누나를 올려다봤다. 차장 누나가 환한 얼굴로 고개를 끄덕여주었다. 더 이상은 그녀의 선의를 거절할 수 없었다. 나는 비척비척 차에 올랐다. 너무 고마워서 또 서러워서 울먹이느라 고맙다는 말도 안 나왔다. 차장 누나는 괜찮아 괜찮아, 내 등을 토닥여주며 손수건으로 얼굴을 닦아주었다. 그야말로 천사 같은 누나였다.

버스는 정말 빨랐다. 휙휙 세상이 지나갔고 이제 다음 정류장에서 내릴 참이었다. 문득 내 20원의 안위가 궁금해졌다.

주머니에 빵꾸가 났었는데, 엄마가 꿰매줬던가…?

황급히 손을 넣어 주머니 속을 더듬었다. 짤그락. 네 개의 젤리가 반갑게 기척을 냈다.

오 젤리, 오오 젤리여~.

그때 버스가 멈췄다. 나는 차장 누나에게 꾸벅 인사를 하고 계단에 발을 디뎠다. 그때 차장 누나가 온화한 얼굴로 말했다.

"꼬마야, 차비 내고 가야지."

3.

이
사

국민학교 2학년 때였다. 어느 무덥던 여름날 엄마가 말했다.

"우리 다음 주에 이사 간다."

이사가 별일인가? 늘 가는 건데 뭐. 반년에 한 번꼴로 다니는 이사에 나는 심드렁했다. 여자 친구가 없으니 눈물 뺄일 없고, 남자 애들은 죄다 싫증나는 놈들뿐이고. 슬플 것도 아쉬울 것도 없었다. 그러다가 문득 젤리가 생각났다. 돈이 없어서 많이 먹어보지는 못했지만, 그건 진짜 기가 막히게 맛있었다. 어쩐 일인지 학교 근처 가게엔 그 젤리가 없었다. 그건 털보네 가게에서만 볼 수 있었다.

이사를 가면 다시는 먹을 수 없을 거야.

그렇게 생각하자 가슴이 무너졌다. 떠나기 전에 하나라도 더 먹고 싶었다. 하지만 사정이 여의치 않았다. 돈이 문제였다. 낭비도 안 했는데 그 무렵엔 늘 빈털터리였다. 아르바이트를 하기엔 어렸고, 자리도 없었다. 그렇다고 엄마한테 돈을 달라고 조르지는 않았다. 그래봐야 헛수고였을 테니까.

어쩐 일인지 형은 신이 난 것 같았다. 이사 간다는 말을 듣자마자 집 안팎을 부지런히 들락거렸다. 형은 딱지와 구슬계의 왕이었다. 커다란 장독에 딱지와 구슬이 한가득이었다. 형은 그걸 봉지에 담아 들고 나가서 동네 친구들한테 팔았다. 우연히 거래 현장을 목격하고 10원을 요구했지만 형은 눈만 부라렸다. 울고불고 떼를 쓰자 형이 말했다.

"너한테도 좋은 거 할 거야, 인마."

"뭐를 할 건데?"

내가 묻자 형은 주위를 살폈다. 그리고 엄마한테 절대 말하지 말라는 다짐을 몇 번이나 받고는 이렇게 말했다.

"만화 빌릴 거야. 이사 가기 전날에."

"그럼 언제 반납해?"

"안 해."

가슴이 쿵쾅거렸다. 나쁜 짓이지만 훌륭한 계획이었다. 나는 조심스럽게 물었다.

"그러다 걸리면?"

"걸리긴 왜 걸려? 이사 가면 그만인데. 아 참, 너…"

형이 눈을 치뜨며 말했다.

"우리 이사하는 거 함부로 말하지 마. 특이 만화 가게 아줌마한테."

형의 계획이 순조롭게 진행되지는 않았다. 공급 물량은 넘쳤지만, 그 가난한 동네엔 구매능력을 갖춘 아이가 별로 없었다. 형은 불굴의 소년이었다. 커다란 봉투에 구슬과 딱지를 가득 담아 들고는 옆 동네까지 원정을 다녔다.

형이 그러고 돌아다니는 사이, 내게 기회가 왔다. 아버지 친구 분이 찾아왔던 것이다. 집으로 들어서며 아저씨가 말했다.

"아이고 형수님. 날도 더운데 우리 수박화채나 먹죠."

그러면서 아저씨는 등 뒤에 감추고 있던 걸 들어보였다. 새끼줄에 매달린 얼음 덩어리였다.

"아니 그걸로 무슨 수박화채를…."

엄마의 표정이 구겨졌다. 수박이 얼음보다 훨씬 비싼 모양이었다. 아버지가 허허 웃으며 엄마에게 말했다.

"수박 한 덩이만 사다주구래."

엄마가 시장에 간 사이, 나는 아저씨한테 갖은 아양을 다 떨었다. 엄마가 있었다면 그런 짓 못했다. 엄마는 우리 형제들이 손님 앞에서 얼쩡대는 걸, 거지같은 짓이라며 엄청 싫어했다. 나로선 거지처럼 보여도 상관없었다. 젤리만 먹을 수 있다면.

　나는 채 10분도 지나지 않아서 목적을 달성했다. 아저씨가 10원을 준 것이다. 나는 그 돈을 받자마자 집에서 뛰쳐나왔다. 그리고 달려갔다. 나의 젤리를 향해서.

　내가 털보네 가게 문을 열고 들어갔을 때, 손님은 아무도 없었다. 털보네 아줌마 혼자 졸면서 가게를 지키고 있었다. 나는 아줌마 앞에 내 전 재산을 놓으며 말했다.

　"쩨리 두 개요."

　그리고 아줌마 건너편에 있는 빨간 젤리 바구니로 다가갔다. 젤리 앞으로 가서 아줌마를 등지고 섰을 때, 나도 모르게 심장 박동이 빨라졌다.

　내가 세 개를 가져가면 아줌마가 알까?

　내가 네 개를 가져가면 아줌마가 알까?

　내가⋯ 다섯 개를 가져가면 아줌마가 알까⋯?

　그전에는 그런 생각을 해본 적이 한 번도 없었다. 나는 착한 아이였고 남들도 그렇게 생각했다. 나한테는 그게 무척 중요했다. 착하다는 얘기를 들으면 집에 가서 자랑했다. 엄마도 아버지도 그 소리 듣는 걸 좋아했으니까. 다행히 나는 소심했고, 조심조심 행동했다. 못된 짓은 남들 없는 곳에서 했다. 그때까지는 분명히 그랬다. 하지만 젤리 앞에서 나는 갑자기 타락했다. 이제까지 쌓아올린 평판이 날아가도 상관없을 것 같았다. 머릿속에서 며칠 전에 형이 했던 말이 계속 울렸다.

이사 가면 그만이야….

이사 가면 그만이야….

나는 덜덜덜 떨리는 두 손을 뻗어 젤리를 한 움큼씩 집어 들었다. 그리고 굉장히 자연스럽게 보이도록 애를 쓰며 옆걸음질을 쳤다. 한 걸음에 10초씩 신중하게 움직였으므로 걸리지는 않을 거였다. 나는 그렇게 확신했다. 그런데 세 걸음째 움직였을 때, 아줌마가 나를 불렀다.

"얘! 너 거기 서 봐."

나는 뒤돌아 선 채로 "네?" 하고 조금 높고 떨리기는 해도 비교적 천연덕스러운 목소리로 대답했다.

"왜요 아줌마? 저 젤리 두 개만 집었는데요?"

내 필사적인 노력은 역효과만 낸 것 같았다. 아줌마가 잔뜩 굳은 목소리로 이렇게 말한 걸 보면.

"쪼그만 자식이 어디서 거짓말이야! 너 이리 와! 손 펴 봐!"

기절하지 않은 게 용했다. 나는 다리에 힘이 다 풀려서 오도 가도 못하고 엉거주춤 그 자리에 서 있었다. 아줌마가 자리에서 일어나 내게로 다가왔다. 나는 긴장해서 눈을 꼭 감고 뒷목에 잔뜩 힘을 주고는 바들바들 떨었다. 아줌마가 내 양손에 그득한 젤리를 빼앗고는 나를 야멸치게 노려봤다. 하지만 그뿐, 나를 때리지는 않았다.

"다시는 이런 짓 하면 안 돼. 가 봐."

뜻밖에도 아줌마는 그중에 두 개를 돌려주었다. 나도 모르게 후… 한숨이 새어나왔다. 세상에서 그렇게 다행스러운 일은 처음인 것 같았다. 나는 꾸벅 인사를 하고는 비칠비칠 가게를 나섰다. 그때 아줌마가 다시 불렀다. 화들짝 놀라 돌아보니 아줌마가 말했다.

"니네 이사 가지?"

에? 아줌마가 그걸 어떻게 알지? 나는 말한 적이 없는데… 아! 생각해보니 털보 아저씨와 아버지가 친구였다. 이사 간다고 말하면 안 된다는 형의 말이 생각났지만 이건 어쩔 수 없는 경우였다. 나는 고개를 끄덕였다.

"네, 내일 이사 가요."

그러자 아줌마가 젤리 두 개를 더 주며 말했다.

"이사 가서는 절대로 이런 짓 하지 마."

인사를 하려는데 너무 감격해서 말이 나오질 않았다. 나는 그저 고개만 깊이 숙였다. 그런데 바로 그때, 귀에 익은 목소리가 들려왔다.

"니네 이사 가니? 아이고 우리 단골이 떨어졌네…"

나는 돌아보자마자 손에 쥐고 있던 젤리들을 떨어뜨리고 말았다. 만화 가게 아줌마가 거기 서 있었다. 나는 인사도 못하고 입만 뻐끔거렸다. 형이 이걸 알면 날 죽이려고 할 텐데. 너무 절망해서 그 자리에서 그냥 죽어버리고 싶었다.

나는 젤리를 하나도 먹지 않고 집에 들고 갔다. 형은 방구석에서 돈을 세고 있었다. 장사가 제법 쏠쏠했는지 몇백 원은 되는 것 같았다. 나는 그 아름다운 젤리들을 형한테 내밀었다. 형은 그 아까운 걸 한꺼번에 두 개나 까서 입에 넣었다. 형이 입을 우물거리며 말했다.

"이게 웬 거야?"

나는 어떻게 말해야 할지 엄청 고민했지만 멍하기만 했다. 그래서 그냥 밑도 끝도 없이 이렇게 말했다.

"형, 만화 가게 가지 마."

형이 눈을 땡그랗게 치뜨며 말했다.

"이게 돌았나. 내가 뭐 때문에 이 고생을 했는데…."

형은 그러면서 남아 있는 젤리들을 홀랑 까서 입에 넣었다. 참으려고 했지만 눈물이 저절로 솟아올랐다. 나는 울면서 중얼거렸다.

"형, 만화 가게 가지 마. 가면 안 돼. 가면 안 돼…"

4.

밤
이

길
어
서

가슴을 덜컥 내려앉히는 전화벨 소리가 있다. 첫 소리에 놀라고, 두 번째 소리에 몸이 굳고, 세 번째 소리부터 숨을 헐떡이다가, 온갖 불길한 상상을 떠올리며 몸은 뒤로 젖힌 채 손만 전화기로 뻗게 되는… 주로 한밤에서 새벽 사이에 울리는 그런 전화 벨소리.

그 밤의 전화가 꼭 그랬다. 핸드폰 벨이 울렸을 때, 나는 일련의 심리적 변화를 거쳐 액정화면을 확인했다. 저장되지 않은 번호였다. 통화버튼을 누르자 허스키하고 불안정한 남자 목소리가 들려왔다. 남자가, 저기… 하며 말을 끌었다.

"○○○이라고 합니다… 일전에… 한밤에 폐교에서 뵀던…"

불길한 기운을 뚫고 한 기억이 떠올랐다. 얼마 전에 시골 폐교를 개조한 민박에서 하루를 묵었었다. 그날 밤 일행과 술을 한잔하는데 끼어든 사람이 있었다. 민박 관리인이었다.

거긴 평범한 폐교였다. 물론 도심 한복판이 아니었고, 유흥업소에 둘러싸인 곳도 아니었다. 인적도 불빛도 끊긴 길을 한참이나 달려야 나오는, 손님이 드는 날보다 비어 있는 날이 훨씬 많은, 넓기만 오지게 넓은 후줄근한 숙소였다. 그곳을 남자 혼자 관리했다.

그는 대개의 밤을, 이순신 장군과 이승복 어린이를 비롯한 몇몇 과묵한 동상들과 지샜다. 그래선지 남자는 말이 고파 있었다. 남자의 잔에 술이 채워지고 대략 30분이 지나자, 나와 일행은 남자의 생애를 꿸 수 있었다. 그의 나이를 감안했을 때, 대략 50초당 1년의 생애가 요약 정리된 셈이었다.

최근에 그는 좋지 않은 시기를 보내고 있었다. 이런저런 일들을 시도했지만 모조리 실패했다. 제일 아래까지 내려갔다고 생각한 순간에 바닥이 열렸고, 숨을 고르려 바닥에 엎드리자 세상이 기울어져 거기서마저 굴러 떨어졌다. 폐교를 개조한 민박의 관리인이 된 것은 최근의 일이었다. 생계를 위해 어쩔 수 없이 밤을 지키고는 있었지만, 남자는 그 일을 그리 달가워하지 않았다.

"저랑은 안 맞는 거 같아요. 다른 건 다 괜찮은데 밤이…
너무 길어서요…"

10여 일 만에 걸려온 전화에 나는 살짝 긴장하고 있었다.
그런 만남은 대개 한 번으로 끝나는 것이었으니까. 내가 무
슨 일로 전화했느냐고 묻자 남자는 잠시 뜸을 들였다.

"전화를 드려야 하나, 말아야 하나… 한참 고민했어요….
그날… 떠나신 후에 방에 들어갔더니… 바닥에 뭐가 떨어
져 있더라고요."

나도 일행도 잃어버린 물건은 없었다. 뭔가를 흘렸더라도
사소한 물건일 거였다. 며칠 동안 생각나지 않으니 없어도
그만인 것이겠지. 나는 만약 그쪽에 필요한 물건이라면 두고
쓰라고 말했다. 남자는 그런 얘기가 아니라고 대답했다. 그
러고는 그건… 하며 또 말을 끌었다.

"재였어요."

"재라뇨?"

"네. 재였어요. 방구석에 재가 떨어져 있더라고요."

한밤에 전화를 한 이유가 흔히 다된 밥에 뿌리곤 하는 재
때문이었다니. 생각할수록 어처구니가 없었고 그러자 문득
불안해졌다.

"우리는… 방에서 불을 피운 적이 없는데요."

"불을 피우셨다고는 안 했습니다."

"재가 떨어져 있었다면서요?"

"예. 재가 거기 떨어져 있었어요."

"불이라도… 났습니까?"

"아뇨."

"근데요…?"

"제가 무슨 얘기를 하는 건지 선생님이 더 잘 아실 텐데요?"

슬슬 짜증이 밀려왔다. 깊은 얘기를 나눴다고는 해도, 남자와 내가 한밤에 전화로 스무고개를 할 만큼 깊은 관계는 아니었다. 나는 무슨 소린지 모르겠다고, 하고 싶은 말이 있으면 빙빙 돌리지 말고 바로 하라고 다소 딱딱하게 말했다. 하지만 남자는 수수께끼를 조금 더 이어가고 싶어 했다.

"기분이 어떤지 여쭤봐도 될까요?"

"지금 기분이요?"

"아뇨, 그때요."

"그때 언제요?"

"그거 했을 때 말입니다."

"그걸 하다니, 그게 뭔데요?"

"그건 선생님이 더 잘 아시잖습니까?"

"전혀 모르겠는데요."

"제 생각에 그건… 대마초를 태운 재였어요."

에? 바람 빠지는 소리가 먼저 나왔고 헛웃음이 뒤를 이었다. 대마초라니… 자랑은 아니지만 나는 한 번도 담배 말고 다른 풀은 입에 대본 적이 없었다. 아, 우표 뒤에 묻은 풀은 빼고. 내가 그렇게 말하자, 남자는 가볍게 튕겨냈다.

"저는 그거 그렇게 나쁘게 생각하지 않습니다. 할 수도 있는 거죠. 그게 담배보다 몸에 나쁜 것도 아닌데… 그렇지 않나요?"

"그렇게 생각할 수도 있죠."

"그걸 하셨다고 해도 제가 선생님을 안 좋게 보거나 그러지는 않는단 말씀입니다."

"저, 안 했다니까요."

"아, 예… 근데 그걸 어디서 구하셨죠?"

"이봐요. 나 그런 거 안 해요. 그날도 안 했고, 해본 적도 없다구요. 이만 전화 끊을게요."

"아아, 선생님. 잠깐만요. 뭔가 오해하시는 거 같은데요. 선생님이 그걸 했다고 제가 뭘 어쩌겠다는 거 아닙니다. 절대 그런 거 아닙니다. 저 그런 놈 아닙니다. 저는 그냥 어디 가면 그걸 구할 수 있는지, 그게 알고 싶어서요…."

"그걸 알아서 어쩌려구요?"

"…저도 잘 모르겠습니다. 한번 해보고 싶기는 한데… 솔직히 지금은 그거 살 돈도 없습니다. 그래도 혹시 나중에라도…."

어떻게 해도 남자의 확신을 바꿀 수 없을 것 같았다. 그리고 그가 어떤 오해를 한들 내가 문제 삼을 일은 아니었다. 그건 그 사람의 자유니까. 나는 지금은 모르지만 혹시 알게 되면 꼭 연락하겠다고 말했다. 그리고 이제 전화를 끊고 쉬고 싶다고 말했다. 잠시 사이를 두고 남자가 축 까라진 목소리로 말했다.

"늦은 시간에 죄송합니다. 여긴… 밤이 너무 길어서요…"

5.

편지는 따뜻하다

영하 16도, 체감온도 영하 20도.

무척이나 종교적인 날이었다. 기세등등한 칼바람이 경건
하게 웅크린 행인들에게로 내달리며, 달마를 만나면 달마
를 베었고, 부처를 만나면 부처를 베었다.

이제 막 그 골목길에 나타난 늙은 사내 또한 묻지마식 칼
부림에 난도질당한 행색이었다. 사내에게서 종교적 희생자
의 면모는 찾아볼 수 없었다. 그에게는 경건함에 흔히 요구
되는 청결함이 결여되어 있었다.

사내는 전 재산을 너덜너덜하고 거무칙칙한 배낭에 넣어

짊어지고 다녔다. 가방의 부피는 계절에 따라 달랐다. 대략 기온과 반비례했는데, 지금 사내의 가방은 연중 가장 얄팍했다. 대부분의 짐들은 그의 몸에 레이어드룩으로 코디되어 있었다. 그럼에도 불구하고 사내의 몸은 덜덜 흔들리고 있었다.

사내는 저 무자비한 자연의 평등함을 믿지 않았다. 겨울은 바람막이 없는 자들에게 훨씬 매몰찼다. 그는 그렇게 생각했다. 오늘만 해도 그랬다. 자연의 휘파람에 밤새 뒤채다가, 바람에 쫓겨 여기까지 떠밀려온 길이었다.

문득 사내의 위태로운 발걸음이 멈췄다. 사내는 단단하고 아늑해 보이는 작은 집 앞에 붙박인 채, 벌겋게 달아오른 눈으로 대문 중앙을 응시했다. A4용지에 정중한 궁서체로, 깨알 같은 글자들이 인쇄되어 있었다. 전날까지 그 집의 주인이었던 사람이 써서 붙여놓은 글이었다.

이곳에서 만 10년을 살고 막상 새로운 곳으로 떠나려 하니, 돌아보는 낯익은 동네 풍경과 어르신들을 비롯한 주민분들의 정겨운 모습이 새삼 그립습니다….

거기까지 읽었을 때, 떨림이 조금도 섞이지 않은 낭랑한 중년여인의 목소리가 들려왔다.

"이 엄동에 이사하느라 정신도 없었을 텐데, 어쩜 다감도

하지, 어떻게 저런 생각을…."

중년 여인과 나란히 선 젊은 여인이 고개를 끄덕이며 말했다.

"참 따뜻한 편지네요."

"그렇지? 마음이 다 훈훈해지네."

표현하지는 않았지만 사내도 그 말에 백퍼센트 동의했다. 따뜻했다. 분명 따뜻한 편지였다. 하지만 따뜻함의 이유는 상당히 달랐다. 사내가 느끼는 온기는 이곳이 빈집이라는 점에 기인했다. 다행히 대문이 허술해 보였다. 며칠, 아니 몇 시간이라도, 아니 아니, 단 10분만이라도 이 냉기를 피할 수만 있다면… 사내는 연신 흘끔거리는 두 여인을 피해 저 골목 끝으로 비척비척 나아갔다.

사내가 생각보다 긴 골목을 돌아 다시 그 집 앞에 왔을 때 코러스 역할을 담당했던 여인들은 보이질 않았다. 그 대신 다른 주민 두엇이 편지를 에워싸고 있었다.

"듣자하니 그 사람, 아주 큰 집으로 이사를 갔다는구만."

"잘됐네요. 그런 분이 잘돼야 해요. 마음 씀씀이가 다르잖아."

"아무리 세상 살기가 팍팍하다 해도, 하늘은 볼 거 다 보고 있다구. 명심들 해."

조금만 기다려 볼까…?

사내가 멀찍이서 서성거렸다. 1분만 더, 2분만 더… 드디어

주민들이 떠났다. 하지만 그러자마자 새로운 주민들이 나타났다. 거긴 감동에 목마른 골목이었다. 감동을 받고 교훈을 얻기 위해 온 동네 사람들이 바통 터치를 하고 있었다.

사실 주민들에게도 절호의 기회였다. 그들도 감동의 주인공이 될 수 있었다. 별다른 짓을 할 필요도 없었다. 잠시 그 골목을 비워주기만 하면, 적어도 저 늙은 사내는 그들의 마음 씀씀이에 크게 감동할 것이었다. 하지만 애석하게도 주민들은 사내를 순수한 감동을 저해하는 요소로만 여겼다. 사내는 훈훈한 그 골목의 오점이었다.

사내가 내키지 않는 걸음을 떼기 시작했다. 주민들의 흘끔거리는 눈초리에 떠밀린 것은 아니었다. 그런 건 얼마든지 견딜 수 있었다. 하지만 기대에 들떠 숨차게 걷느라 흠뻑 젖은 속옷이 식어가고 있었다. 헝겊 운동화의 헤진 틈으로 수백 개의 바늘이 쏟아져 들어왔다. 사내는 주민들을 스쳐 다시 먼 길을 돌았다.

사내가 무거운 걸음으로 두 바퀴를 더 돌아 세 번째로 모습을 드러냈을 때, 기적이 일어났다. 빈집 앞이 비어 있었던 것이다. 사내는 안도의 한숨을 내쉬었다. 이번엔 누가 있더라도 상관 않고 문을 밀치고 들어갈 참이었다. 누군가 말리면 대거리라도 할 요량이었다. 하지만 사내가 대문에 손을 댄 바로 그 순간, 요란한 경적소리가 들려왔다. 그리고 육중한 이사 트럭이 냉혹한 자태를 드러냈다.

이렇다 할 감동거리가 없는 큰길엔 이제 해거름일 뿐인데 인적이 끊어졌다. 의지할 데 없는, 늙고 지친 사내가 한층 거세진 바람을 헤치며 비틀비틀 빨간 우체통 앞으로 다가갔다. 사내는 숨을 몰아쉬고는 품에서 지금 막 내뿜은 입김만큼이나 새하얀 종이를 꺼내들었다. 빈집 대문에서 조심스럽게 떼어낸 저 따뜻한 편지였다.

사내는 눈을 가늘게 뜨고 그 내용을 다시 한 번 훑었다. 온기는 느껴지지 않았다. 온기라니… 손이 곱아 바람에 퍼덕거리는 그 얇은 종잇장을 금방이라도 놓쳐버릴 것 같았다.

문득 사내의 얼굴이 훅 달아올랐다. 누군가에게 마음을 담은 편지를 보낸 것이 언제인지 기억나지 않았다. 너무 인색하게 살아왔다, 라고 사내가 중얼거렸다. 누구보다 나한테 인색했어, 라고 사내는 생각했다.

사내가 주머니를 뒤적여 담배꽁초와 라이터를 꺼내들었다. 그는 구부러진 담배에 불을 붙여 한 모금 깊이 들이마셨다. 그러고는 편지에 불을 붙여 우체통 안으로 던져 넣었다. 사내가 천천히 우체통에 기대앉았다. 이내 축축한 등으로 후끈한 열기가 전해졌다.

"편지는 참 따뜻하군."

사내가 중얼거렸다. 오랫동안 미뤄두었던 잠이 타닥타닥 소리를 내며 밀려들었다.

6.

숏타임

　스무 살 무렵, 늦여름의 어느 밤이었다. 205번 막차가 청량리역 버스 정류장에 멈췄다. 대여섯 명의 승객들에 섞여 차에서 내렸을 때, 가냘픈 목소리가 들려왔다.

　"놀다 가."

　흘끔 돌아보니, 되는 대로 툭툭 끊은 커트 머리에 작달막하고 깡마른 여자가 서 있었다. 그 시각이 되면 그곳에서 종종 볼 수 있는, 인근 사창가의 호객꾼이었다. 그녀는 다른 사람 다 놔두고 나를 따라붙었다. 버스가 어둠을 헤치고 달려오는 내내 588이 어쩌고저쩌고 쑤군대던 두 양복쟁이를 제

치고 나를 콕 찍은 걸로 봐선 눈썰미가 굉장한 사람이었다.

나는 그녀에게 눈길도 주지 않고, 주머니에 담긴 동전소리를 쩔그럭쩔그럭 흘리면서, 성큼성큼 갈 길을 재촉했다. 대략 50미터쯤 갔을까? 이제는 따돌렸겠지, 걸음을 늦추는데 직직 슬리퍼 끄는 소리가 다가왔다. 그리고 조금 전의 그 목소리가 다시 날아왔다.

"놀다 가."

나는 놀 수 있는 기회가 생기면 마다하지 않는다. 때와 장소 따위 가리지 않는다. 다만 낯은 상당히 가렸는데 그녀와는 초면이었다. 촌스럽게 나이도 따졌다. 그녀는 나보다 열일곱 살은 많아 보였다. 게다가 그녀가 제시하는 옵션도 마음에 들지 않았다.

"숏타임 오천 원. 긴밤 만 오천 원."

나는 그리 인기인이 아니었다. 그래도 놀 사람은 많았다. 백프로 무료 놀이상대들이었다. 그때도 무료로 놀다가 귀가하는 길이었다. 그들과의 놀이가 썩 즐겁지는 않았다. 무료했다. 혼자인 편이 더 나았겠지만 혼자여도 되는 줄, 그때는 몰랐었다. 이러나저러나 상관없었다. 그땐 흘리고 버리고 탕진해도 좋을 만큼 시간이 넘치고 넘쳤으니까. 그런 줄 알았으니까.

"돈 모자라면 깎아줄게. 놀다 가."

그녀가 나직하게 말했다. 솔직히 솔깃했다. 나는 불타는 청춘이었고, 이성애자였으며, 싱글이었고, 심지어 동정이었다. 다른 성별의 상대와, 밀폐된 공간에서, 몸에 걸친 의복의 개수를 0에 수렴할 때까지 줄여가면서 놀고 싶은 생각이, 시도 때도 없이 불쑥불쑥 솟구치던 시절이었다. 상대가 누구라도 좋았다. 그녀만 아니라면. 나는 단호하게 내 의사를 밝혔다.

"안 놀아요."

하지만 그녀는 내 거절을 무시했다. 왜냐고 묻지 않았고, 나를 설득하려 들지도 않았다. 그냥 막무가내로 따라왔다. 간헐적으로 놀다 가, 놀다 가, 놀다 가를 반복하면서.

당혹스러웠다. 나는 초짜가 아니었다. 대개 막차를 이용해서 같은 곳에 내렸고, 그녀와 같은 직종에 종사하는 사람들과 거의 매일 마주쳤고 매번 거절했다. 경험치가 거의 매일 쌓였으므로 그 즈음의 나는 그들을 떼어내는 데 이골이 나 있었다. 하지만 그녀는 별종이었다. 포기는커녕 지치지도 않았다. 언제까지고 쫓아올 기세였다.

가령 내가 집에 가서 잠자리에 든다 해도 그녀는 내 베갯머리에 앉아서 '놀다 가'라고 간헐적으로 소곤댈 것만 같았다. 그렇게 성실한 사람을 상대하려면 나도 방법을 달리해야 했다.

"돈이 많이 모자란데 이걸로 되려나…?"

나는 그렇게 이죽거리며 전 재산을 꺼내 그녀에게 보여주었다. 앞면에 다보탑이 새겨진 동전 네 개였다. 나는 그녀가 화를 낼 거라고 예상했다. 명분을 얻어 정정당당하게 달아나는 것이 내 계략이었다.

하지만 그녀는 의외의 반응을 보였다. 마치 진지한 여행자가 3층 석탑을 살피기라도 하는 것처럼, 나를 찬찬히 훑는 것이었다. 그러고는 나와 눈을 맞췄다. 나도 지지 않고 그 눈을 바라봤다. 그녀의 작은 눈이 살짝 커졌고, 나는 때가 왔음을 직감했다.

자, 화를 내 보시지. 비호처럼 달아나줄 테니까.

나는 자신만만한 미소를 날려 보냈다. 하지만 그녀가 또 엇나갔다. 배시시 뜻 모를 웃음을 지어보이는 것이었다. 나는 그것으로 됐다고 생각했다. 드러난 양상은 석연찮지만 그녀가 충분히 실망한 것이라고 확신했다. 나는 그녀가 제시하는 어떤 옵션도 받아들일 수 없었고, 그녀도 그걸 분명히 알게 됐으니까.

나는 해방감을 느끼며 가볍게 돌아섰다. 하지만 오해였다. 내가 몇 걸음 걸어갔을 때, 다급한 발소리가 들리더니 그녀가 뒤에서 팔짱을 끼는 것이었다. 단숨에 진땀이 솟았다. 당황해서만은 아니었다. 물리적으로 힘들었다. 돌아보니 그녀의 발놀림이 멈춰 있었다. 그녀는 내 팔에 매달린 채로 질질

끌려오고 있었다. 생각보다 철모르는 여자였다. 이 계절에
썰매놀이라니….

나도 발놀림을 멈췄다. 그녀가 비틀 중심을 잃었다가 몸을
세웠다. 그녀의 머리가 내 턱 밑에 닿았다. 나는 흠칫 놀랐다.
그녀에게서 향긋한 냄새가 나서였다. 내 무의식은 퀴퀴한 냄
새가 날 거라고 단정했던 모양이었다. 그녀에게서 풍기는 산
뜻한 향수 냄새는 꽤나 자극적이었다. 내 심장이 저 혼자 바
빠졌다. 원망스러웠지만 나로선 제어할 수가 없었다.

스무 살의 심장은 워낙 불수의근이니까.

그녀에게 들킬까봐 몸을 비틀면서 팔을 당겼다. 그녀는 인
파이터였다. 오히려 내 팔을 더 세게 당겨 깊숙이 파고드는
것이었다. 곁을 스쳐 지나던 행인이 거의 한 몸이 되어 있는
나와 그녀를 흘끔거리며 혀를 찼다. 나는 민망해졌고 화가
났다. 그 감정에만 몰두했다면 일은 쉬웠다. 그 감정을 직설
적으로 쏟아내고 자리를 뜰 수 있었을 테니까. 그런데 민망
해지고 화가 나는 동시에, 우쭐해졌다. 어쩐지 내가 주변보
다 더 어두운 세계에 발을 딛고 있는 것 같았다. 나는 암흑
의 자식처럼 인상을 우그러뜨리며 말했다.

"도대체 왜 이러는 건데?"

그녀가 가냘픈 소리로 대답했다.

"담배 하나만 줄래?"

예상을 벗어난 답변이었지만 그건 내가 수용할 수 있는

요구였다. 들어줄 만한 여건도 마련되어 있었다. 주머니 속 구겨진 담뱃갑에 한산도 두 개비가 남아 있었으니까. 자기 전에 한 대 피우고, 잠깨면서 또 한 대. 철저한 계산속으로 남겨둔 것이었다.

그 고급스러운 습관을 그녀에게 방해받고 싶지 않았다. 나는 "없는데?"라고 다소 거만하게 대답했다. 내가 이 정도로 거지야, 이제 알아듣겠나? 정도의 뉘앙스로.

마침내 그녀가 내게서 떨어졌다. 하지만 내가 움직이려고 하자, 그녀는 거칠게 내 손목을 잡아채곤 정색을 하며 말했다.

"여기 있어 봐."

"왜?"

"여기 가만히 있어야 돼. 어디 가면 절대로 안 돼."

그건 괴상한 명령이었다. 명령의 기본 전제는 관계다. 무관한 사람 사이에서는 명령이 오고가지 않는다. 앞서도 밝혔지만 나는 동정이었고, 그녀와 어떤 관계도 맺지 않았다. 그녀에겐 명령을 내릴 자격이 없었고, 내겐 따를 의무가 없었다. 하지만 그녀의 말엔 내가 거역할 수 없는 어떤 힘이 담겨 있었다. 명령에 따라 나는 보이지 않는 백묵원 안에 갇혀버렸다.

그녀는 길가에서 서성대는 시커먼 그림자에게 다가갔다. 그녀가 돌아선 남자에게 뭔가 말을 꺼냈을 때, 느닷없이 남자의 묵직한 상소리가 들려왔다. 지체 없이, 째지는 그녀의 상소리가 맞받았다. 후줄근하던 밤공기가 단숨에 서늘해졌다. 그녀와 남자가 각각 내세우는 주제는 단순명료했다.

담배 하나 달라고! VS 더럽다고, 저리 비키라고!

거기에 나이라든지, 성별이라든지, 직업이라든지, 부모라든지, 교육이라든지, 주제와 상관없어 보이는 문제들이 툭툭 끼어들고 변주되면서 다툼은 점점 과열됐다. 이제 주먹질과 슬리퍼가 오고가는 건 시간문제였다. 담뱃갑에 새겨진 경고 문구가 새삼스레 떠올랐다.

담배는 당신의 건강을 해칠 수 있습니다.
그래도 피우시겠습니까?

내 야수적인 본능이 속삭였다.

까짓 거, 내가 알 게 뭐야. 번개처럼 달아나버리는 게 어때?

하지만 어쩐 일인지 그럴 수가 없었다. 그러면 안 될 것 같았다. 게다가 주책없이 책임감까지 느껴버렸다. 내가 사소한 습관의 반쪽만 포기했다면 벌어지지 않을 일이었으니까. 나는 그녀의 명령을 어기고 백묵원을 벗어났다.

내가 미적미적 두 사람에게 다가갔을 때, 빈 택시가 남자 앞에 멈췄다. 남자가 택시 문을 열었고, 나는 이제 끝났구나 싶어 안도했다. 그런데 그때, 그녀가 달려들어 남자의 허리

춤을 잡고 울부짖었다.

"담배 하나 내놓고 가라고!"

나도 놀랐지만 남자도 꽤나 질린 얼굴이 되어 있었다. 남자가 담배 한 개비를 내던지며 중얼거렸다.

"완전 미친년이네, 이거."

문이 쾅 닫혔고 택시가 떠났다.

"씨발 놈, 쫀쫀하게 담배 하나 가지고…."

그녀가 담배를 집어 들며 중얼거렸다. 그리고 뜻밖에도 그 담배를 내게 내밀었다.

"괜찮아. 뭐 안 묻었어."

나는 당황해서 더듬거렸다.

"이, 이걸 왜… 왜 날 줘?"

"담배 없다며?"

"담배를 달라고 한 건 그쪽이잖아."

"내 건 있어."

"그럼… 이건 왜?"

"니가 그랬잖아, 담배 없다고. 그랬어? 안 그랬어?"

그녀는 내가 이해할 수 있는 상대가 아니었다. 나는 예측이 가능한 세계에 살고 있었다. 무료한 나의 무료 친구들이 다음에 뭘 할지 나는 언제고 알아맞힐 수 있었다. 간혹 예상 밖으로 굴더라도 그 행동에 내포된 의미는 알 수 있었다.

하지만 그녀는 다른 세계에 속한 사람이었다. 나는 그녀를 예측할 수도, 판단할 수도 없었다.

그녀가 비스듬히 돌아서서는 헐렁한 고무줄 바지 허리춤으로 손을 넣어 허벅지께를 더듬거렸다. 이윽고 그녀의 손에 담배 한 개비가 들려나왔다. 담배는 오랫동안 그 속에 들어 있었던 것 같았다. 구부러지고 구깃구깃 주름이 잡혀서 그녀만큼이나 추레해 보였다.

그녀가 담배를 즐겨 피우는 것 같지는 않았다. 그랬을 수도 있지만 그때는 아니었다. 그녀가 애연가라면 담배가 그 상태가 되도록 남겨둘 리가 없으니까.

그녀와 나는 셔터를 내린 상점 앞에 나란히 앉았다. 그녀가 담배를 만지작거리며 중얼거렸다.

"이게 몇 번을 들락날락했는지 몰라. 피우려다 참고, 버리려다 참고, 나도 모르게 꺼내 만지작거리다가 다시 넣고…"

라이터불이 그녀의 얼굴을 밝혔고, 그녀는 이내 밭은기침을 토했다. 그녀가 눈가에 배어나온 물기를 손가락으로 찍어내곤, 담배를 깊이 빨아 잿빛 하늘로 긴 연기를 올려 보냈다.

"대학생이야?"

그녀가 말했다. 나는 그렇다고 대답했다.

"그렇구나…" 그녀가 낮게 중얼거렸다.

"응." 내가 대답했다.

"좋겠다." 그녀가 말했다.

"뭐가?" 하고 내가 물었다.

그녀는 말없이 나를 가만히 쳐다보았다.

"왜…?" 내가 묻자 그녀가 대답했다.

"그냥…." 그리고 그녀는 입을 닫았다.

침묵이 어색해서 머릿속으로 이런저런 말들을 떠올려봤지만 어떤 단어도 골라지지 않았다. 좌불안석을 지나 어색함에 익숙해질 무렵, 그녀가 낮고 긴 한숨을 토했다.

"하…."

그리고 중얼거렸다.

"하… 어쩌다 이렇게 됐을까…."

그녀의 말이 내 뱃속 어딘가, 어쩌면 심장 어느 부위인가에 무겁게 얹혔다. 다시 침묵이 이어졌다. 그녀는 그 거리에서 별의 역할을 담당하고 있는, 길 건너 건물의 네온사인만 바라보고 있었다.

이윽고 그녀가 일어섰다.

"갈게."

그녀가 말했고 나는 고개를 끄덕였다. 돌아선 그녀의 등이 어쩐지 아까보다 훨씬 굽어보였다.

"저기…"

내가 더듬거리며 말했다.

"저기… 있잖아… 만약에 다시 만나면 커피 한 잔 마실까?"

그녀가 내게로 돌아서서 잠시 머뭇거리다가 말했다.

"너 있지…."

"어?"

"우리 집에 오지 마. 드러우니까."

그녀가 돌아섰다. 나는 그 자리에 선 채 그녀의 뒷모습을 지켜보았다. 그녀는 슬리퍼를 직직 끌며 어둠 속으로 사라졌다. 나는 그제야 그녀가 준 담배에 불을 붙였다. 쿨럭, 기침이 터져 나왔다.

7.

긴
밤

-1-

"너 있지…."

"어?"

"우리 집에 오지 마. 드러우니까."

그녀가 돌아섰다. 나는 그 자리에 선 채 그녀의 뒷모습을
지켜보았다. 그녀는 슬리퍼를 직직 끌며 어둠 속으로 사라
졌다. 나는 그제야 그녀가 준 담배에 불을 붙였다. 쿨럭, 기
침이 터져 나왔다.

그녀는 돌아오지 않았다. 그 작고 시들시들한 호객꾼이

다시 오기를 목이 빠져라 기다렸다는 얘기는 아니다. 만약 그녀가 돌아오면, 그녀의 실루엣이 보이는 순간 슬그머니 돌아섰을 거다. 다시 보고 싶은 마음도, 할 말도 없었으니까. 하지만 나도 모르게 그녀를 기다렸다. 담뱃불이 필터까지 파고들다가 꺼졌을 때 드는 생각이 그랬다.

그녀는 갔구나. 다시 오지 않겠구나.

갑자기 중력이 커졌다. 다른 곳은 몰라도 내 눈꺼풀에는 사과 하나쯤의 중력이 더해졌다. 칠부바지에 하얀 스타킹을 신은 천재 물리학자가 사과에 대해 물어본다면 나는 가볍게 사과하고 이렇게 대답했을 거다.

"아아, 오늘은 물리적으로 힘드네요. 나중에요, 나중에."

-2-

집을 향해 돌아섰다. 그 하루는 곧 끝날 것이었다. 금세 집에 도착할 테고, 그날의 마지막 담배를 피울 것이고, 그러고는 내 골방 홑이불 속으로 기어들어가 칼처럼 모로 누울 테니까. 나는 그렇게 생각했다. 하지만 대략 스무 발쯤 걸어갔을 때, 거친 목소리가 내 발목을 잡았다.

"어이, 형씨."

소리를 쫓아 고개를 돌리다가 나는 깜짝 놀랐다. 거긴 다른 세상이었다. 시대는 19세기 말에서 20세기 초. 공간은 아리조나. 미국 서부의 애리조나 말고, 울긋불긋 휘황한 싸구려

아, 아, 아리조나.

등장인물은 카우보이모자를 눌러쓰고, 휙휙 권총을 돌리고 있는 호리호리한 카우보이 하나. 카우보이가 성큼 다가서며 총구로 모자챙을 들어보였다. 다듬지 않은 콧수염에, 툭 불거진 광대뼈며, 뱁새눈이며, 눈가의 흉터며, 얼굴의 그런 구성요소들을 움직이는 방식이며, 그 모든 것이 거칠어 보이기로 작심한 국산 카우보이였다.

나는 단숨에 카우보이의 정체를 알아챘다. 그는 '극장식 스탠드빠, 아리조나'의 문지기이자 호객꾼인 크린트 이스트우드였다. 가슴에 달고 있는 이름표에 그렇게 쓰여 있었다.

"그 여자하고 무슨 사이요?"

크린트 이스트우드가 말했다. 지금 막 사막을 가로지르기라도 한 것처럼 먼지에 심하게 긁힌 목소리였다.

"그, 그 여자라뇨…?"

내가 더듬거리자 크린트 이스트우드가 뱁새눈을 치켜뜨며 쏘아붙였다.

"저기서 형씨랑, 딱 붙어 앉아서 담배를 피우던 그 여자 말이오."

인적이 드문 밤길에서 다짜고짜 들이대는 거친 인간을 대비해서 나는 늘 두 가지 무기를 품고 다녔다. 하나는 다짜고짜 달아날 수 있는 속도였고, 또 하나는 다짜고짜 비굴해질 수 있는 용기였다. 눈꺼풀에 아직 사과가 매달려 있었던 데다가, 상대와의 거리가 너무 가까웠으므로 나는 후자를 택했다.

그녀를 처음 봤고, 그녀가 느닷없이 쫓아온 것이었으며, 그녀와 내가 뭘 했는지, 그녀와 나 사이에 뭐가 오갔는지, 솔직히 모르겠다고 뒤죽박죽으로 횡설수설했던 것이다. 권총을 꽂은 권총집에 손을 걸친 채 유심히 듣던 크린트 이스트우드가 말했다.

"아하!"

그 말투와 태도가 쏘쿨해서 얼굴이 후끈 달아올랐고, 몇 마디 덧붙여야 할 것 같은 강박을 느꼈다.

"진짭니다. 만난 시간 다 합쳐봐야 5분도 안 될 겁니다. 그분하고 저하고 사이에 뭐가 만들어질 틈이 없었죠."

"아항!"

크린트 이스트우드가 이번엔 콧소리를 섞어서 대답했다. 그러고는 잠시 사이를 두고 입을 열었다.

"근데 형씨. 형씨랑 그 여자 사이에 뭐가 생기면 안 되는 거요?"

말문이 턱 막혔다. 틀린 말이 아니었다. 그래서 안 될 이유

같은 건 사실 없었다. 나는 꽤나 민망해졌다. 그래서 화가 났다.

"그러는 형씨는 그 여자랑 무슨 사이요?"

생각보다 말이 거칠게 튀어나왔다. 내 머리는 비교적 이성을 추구한다. 하지만 내 입은 종종 머리보다 빨리 움직인다. 위험천만하게도 그걸 깨닫는 순간은 언제나 말이 튀어나온 다음이다. 첫 번째 무기를 사용할까 주춤대는데, 크린트 이스트우드가 어깨를 으쓱해 보이며 말했다.

"나는 모르는 여자요. 형씨가 웬 588 아줌마랑 저기 한참 앉아 있길래 궁금해서."

나는 크린트 이스트우드를 다시 살폈다. 슬쩍 눙치며 뭔가를 캐는 얼굴이 아니었다. 농담하고 있는 것도 아니었다. 그는 여전히 사나워 보였다. 나는 그제야 깨달았다. 그의 사나움은 일종의 문신이었다. 웃어도, 울어도, 심지어 겁을 먹어도 사나워 보일 인상이었다. 나 건드리지 마. 건드렸다간 크게 후회하게 될 거야. 얼굴의 요소요소들이 그렇게 말을 하고 있는 것이었다.

문신 뒤에 있는 맨얼굴을 살피자 진심이 보였다. 그는 우연히 낯선 장면을 목격했고, 심심하던 차에 그냥 물어본 것이었다.

내가, 왜, 이 밤중에, 이런 말도 안 되는 인간하고, 말을 섞고 있는 것인지, 괴롭고 자괴감이 들었다. 내 고뇌 따위 안

중에 없다는 듯, 크린트 이스트우드가 검지와 중지로 가위질을 해보이며 속삭였다.

"형씨, 담배 가진 거 있소?"

5분 전에 헤어진 그녀가 생각났다. 담배가 없다고 했다간 또 무슨 일이 생길지 몰라서, 나는 서둘러 담배 한 개비를 건넸다. 크린트 이스트우드가 불붙인 담배를 볼이 움푹 패일만큼 깊이 빨아 도넛 연기를 뿜어냈다. 그리고 말했다.

"형씨, 대학생이오?"

내가 그렇다고 하자 크린트 이스트우드가 중얼거렸다.

"좋겠네."

3연속 데자뷰였다. 늙은 호객꾼과의 대화와 내용도 순서도 똑같았다. 나는 이 동네 사람들이 일종의 의식 공동체를 이루고 있을 거라고 확신했다. 뭐 특별한 일은 아니었다. 그건 학교도 마찬가지였다. 한 자리에 가만 앉아서 지나가는 인간들과 말을 섞다보면 앞 사람이, 그 앞 사람이, 그 앞의 앞 사람이 계속해서 데자뷰됐다. 어디를 가나 데자뷰로 충만한 세상이었다.

크린트 이스트우드의 다음 말이, 다음 행동이, 다음 벌어질 일이 궁금하지 않았으므로

빠빠빠 빠빠빠

이제는, 우리가, 헤어져야 할 시간이었다.

"그럼 이만"

내가 목례를 하자 크린트 이스트우드가 허리춤에 꽂아둔 권총을 뽑아들며 소리쳤다.

"어섭쇼!"

숯불고기 향이 풍부하게 함유된 와이셔츠 차림의 중년 무법자 3인이 내 등을 스쳐 아리조나 계단으로 다가갔다. 크린트 이스트우드가 권총을 획획 솜씨 좋게 돌리다가 허리춤에 꽂고는, 타타타타 계단을 뛰어올라갔다.

"사장님들 오랜만에 오셨습니다! 웰컴 투 아리조나!"

무법자들 중 하나가 크린트 이스트우드를 퀭한 눈으로 노려보며 말했다.

"야, 이 새꺄 여기가 미국이냐?"

"아뇨, 아리조납니다."

"아리조나가 어딘데?"

"미국이요."

"이런 등신 새끼."

"네?"

"양키 고홈. 개새끼야."

뭐가 그리 좋은지 무법자들은 허리까지 젖히며 웃어댔다. 크린트 이스트우드가 움찔하는가 싶더니, 카우보이모자를 살짝 들어 보이며 말했다.

"땡큐. 땡큐 베리마치."

크린트 이스트우드가 90도로 허리를 굽힌 채 문을 열어, 낄낄대는 무법자들을 아리조나로 이끌었다. 문득 갈증이 났다. 열린 문틈으로 오아시스의 기운이 쏟아져 나온 모양이었다. 목마름을 잊으려면 서둘러 사막에서 벗어나야 했다. 나는 빠빠빠 빠빠빠 집을 향해 걸음을 옮겼다. 그때 굵고 낮은 목소리가 귓등에 닿았다.

"저기…."

누가 불러도 더 이상은 돌아보지 말자. 적어도 사막이 끝날 때까지는. 나는 그렇게 다짐했고, 그러면서 동시에 몸을 돌렸다. "네?" 하고 얼빠진 소리를 내면서.

느릿느릿 다가오는 사람은 이 동네 의식공동체와는 무관해 보였다. 그는 푸른 셔츠 차림의 희고 깡마른 중년남자였다. 그가 가까워질수록 후회가 커졌다. 어찌나 우울해 보이던지, 스치기만 해도 퍼런 물이 묻어날 것만 같았다.

"저기…."

푸른 남자도 갈증을 느끼는 것 같았다. 그는 칼칼한 소리로 허두를 꺼내고는 마른 입술을 달싹였다. 그렇다고 오아시스를 찾는 것 같지는 않았다. 그거라면 바로 곁에서 네온사인이 별처럼

아, 리, 조, 나

아, 리, 조, 나

하고 있었으니까. 이윽고 푸른 남자가 입을 열었다.

"누가 그러는데… 이 근처에… 여자들이 유리창 안에서 한복을 입고 앉아 있는… 그런… 곳이 있다고…."

나도 몇 번인가 들어본 곳에 대한 묘사였다. 이 근처라면 물론 588이었다. 푸른 남자는 겉보기와 달리 놀이에 목이 마른 모양이었다. 나는 나와의 사이에 무슨 일이 생기든 하등 문제될 게 없는 그녀가 사라진 쪽을 가리키며 말했다.

"저쪽입니다. 쭉 가시다 보면 안내해줄 사람이 다가올 겁니다."

푸른 남자가 내 손가락을 응시했다. 깃발엔 별 관심이 없는 사람의 전형적인 태도였다. 손을 그냥 내리기가 뭐해서 계속 들고 있었다. 갈수록 어색해졌다. 게다가 손가락을 통해 뭔가가 들어왔는지 가슴이 묵지근해졌다. 마침내 푸른 남자가 고개를 돌렸다. 그는 그러고도 한참이나 멍하니 서 있더니, 무겁게 걸음을 옮겼다.

- 4 -

"저 사람하고는 또 무슨 사이요?

크린트 이스트우드가 아리조나 계단을 내려오며 말했다.

아, 됐고! 나는 더 이상은 미룰 수 없는 귀가를 재촉했다. 크린트 이스트우드가 "어이, 형씨! 어이, 형씨!" 다급하게 불러댔다. 이번엔 기왕의 작심에 새로운 결심을 더했다. 만약 돌아보지 않으면 돌이 된다고 하더라도, 절대로 돌아보지 않으리라.

빠-빠-빠 빠-빠-빠

헤어지는 마음이야 아프겠지만, 웃으면서 헤어져요.

내가 막 사정거리에서 벗어났다고 생각했을 때, 크린트 이스트우드의 거친 목소리가 들려왔다.

"이봐요 형씨! 우리 술 한잔합시다. 내가 쏠게."

과연! 크린트 이스트우드는 명성만큼이나 명사수였다. 총 뽑는 걸 본 적도 없는데, 탄환이 날아와 내 눈꺼풀에 매달린 사과에 명중했다. 순식간에 몸이 가벼워졌고, 깨진 사과의 상큼한 향이 침샘을 자극했다. 나는 경솔했던 내 행동을 마음으로 사과했다.

크린트 이스트우드가 사나운 얼굴로 웃으며 만 원짜리 지폐를 건넸다. 무법자들에게 연발 땡큐를 쏘아 약탈한 전리품이었다. 무적의 카우보이가 뱁새눈을 찡긋해 보이며 말했다.

"술하고 안주 좀 사 오쇼. 원하는 건 뭐든."

5

크린트 이스트우드가 알려준 밤샘 가게는 성스러움과 상스러움의 경계에 있었다. 가톨릭 재단이 운영하는 병원을 끼고 골목으로 들어서자 가게가 보였고, 그 너머 불과 이삼십 미터 전방에서부터 홍등이 이어져 있었다. 그리로 연결된 비밀 지하통로라도 있는 걸까? 거긴 한적한 큰길과는 완전히 다른 세상이었다. 골목은 무법자들로 북적거렸다. 일부는 놀고 싶어 안달난 남자들이었고, 나머지는 그들을 낚아채려 안달난 여자들이었다. 암수 서로 정다운 분위기는 아니었지만, 암수 서로 엉켜 다녔다. 어쩐 일인지 내게는 아무도 눈길을 주지 않았다. 마치 내가 이곳 의식공동체의 일부와 접촉했다는 걸 알고 있기라도 한 것처럼.

나 말고 냉대받는 또 한 사람이 있었다. 축축한 공기가 뒷덜미에 스쳐서 돌아보니 그리 설지 않은 실루엣이 내 눈을 사로잡았다. 푸른 남자였다. 그는 가게에서 대각선으로 보이는 병원 담벼락에 등을 기대고는 홍등을 향해 멍한 시선을 던지고 있었다. 퍼런 기운이 훨씬 더 짙어진 것 같았다. 나만 그렇게 생각한 게 아니었다. 다들 그걸 느끼고 있었다. 푸른 남자에겐 어떤 카우보이도, 어떤 건달도, 588의 그녀들도, 개새끼 한 마리도 다가가지 않았다. 푸른 남자를 중심으로 보이지 않는 원이 그려졌고, 누구도 그 안으로 들어서지 않았다.

크린트 이스트우드가 하사한 고액권은 캡틴큐 두 병과, 지나치게 마른 오징어 한 마리, 대화가 끊어졌을 때 효과음을 생성해줄 바삭한 과자 부스러기, 그리고 최고급 담배 두 갑으로 교환되었다. 아직 카우보이의 근무시간이어서 술상은 아리조나 계단 옆에 펼친 신문지 위에 차려졌다.

크린트 이스트우드는 무법자들이 아리조나를 들고 날 때마다, 비호처럼 몸을 날려 어삽쇼와 또옵쇼를 쏘아댔다. 어삽쇼의 경우건 또옵쇼의 경우건 오래 걸리지는 않았다. 노련한 카우보이는 언제나 술이 식기 전에 돌아왔다.

흥은 오르기도 전에 번번이 깨졌지만 상관없었다. 애초에 그런 걸 기대한 술자리가 아니었다. 그날은 술을 마시지 않으면 안 될 것처럼 느껴지는 364일 중 하루였다. 우리는 틈틈이 짬짬이 비교적 부지런하게 잔을 비웠다. 그렇다고 술만 마셔댄 건 아니었다. 우리는 일관된 주제로 상당한 대화를 나눴다. 누구든 우리의 대화에 끼어든다면 언제라도 쉽사리 주제파악을 했을 거다.

"또 비었네?"

"형씨도."

"한잔 받으쇼."

"형씨도."

"술 잘 먹네."

"형씨도."

물론 그 중간중간에 주제를 살리기 위한 사소한 정보들도 오갔다. 크린트 이스트우드는 고아였다. 아무도 그에게 부모의 이름과 얼굴을 알려주지 않았다. 그가 언제 어디에서 태어났는지를 알려주는 사람도 없었다. 그는 부모를 찾으려 애쓴 적이 없다고 말했고, 뿐더러 보고 싶은 적도 없다고 덧붙였다. 나는 "아, 예…" 하고 어정쩡하게 대답했다. 어떻게 반응해야 할지 알 수 없었다. 저런 쯧쯧 유감이네요, 어쩌고 저쩌고 하면서 가볍게 포옹을 한다든지 하면 좋았겠지만, 그런 건 아무나 할 수 있는 짓이 아니니까. 내 어색한 반응이 걸렸는지 크린트 이스트우드가 말했다.

"거짓말하는 게 아니오. 나는 내 부모가 조금도 보고 싶지 않소."

크린트 이스트우드는 그 얘기를 몇 번이고 반복했다. 나로서는 "아, 예…" 말고 다른 말은 도저히 찾을 수 없었다.

그는 남녘의 어느 고아원에서 자라다가 열서너 살 무렵부터 이 도시 저 도시를 떠돌았다. 연식이 상당할 줄 알았는데 나보다 고작 두 살 연상이었다. 그는 닥치는 대로 살았고, 꽤 거친 길로도 빠졌었다. 말하자면 그는 광막한 광야를 달리는 황야의 무법자, 크린트 이스트우드였다. 그의 얼굴에 남은 사나운 문신은 아마도 그 무렵에 새겨진 것이었으리라.

하지만 그는 끝까지는 가지 않았다고, 내게 말했다. 몇 번인가 선을 넘을 뻔했지만 사회적 규범을 크게 어기지는 않았다는 것이었다. 어떤 조직의 가장 미천한 일원에서 한 단계 도약하기 위해 칼부림을 요구받았을 때, 홀로 떠돌다 굶주림에 밀려 어느 집 담장 가장 높은 곳에 이르렀을 때, 요컨대 그의 인생에서 고비가 되는 순간순간에 그의 마지막 행동을 가로막은 어떤 것이 있었다.

"그렇게 되면 거긴 갈 수 없게 될 테니까."

크린트 이스트우드는 그렇게 말했다. 거기라니? 내가 몇 번이나 물었지만 그는 그저 발그레 얼굴을 붉힐 뿐이었다. 사나우면서도 수줍은 그 얼굴을 보자, 더는 캐물을 엄두가 나지 않았다.

캡틴큐가 사라져갈수록 밤은 깊어갔다. 무법자들의 걸음이 현저히 줄어들고, 이제는 흐물흐물해진 종이컵에 노르께한 액체의 마지막 몇 방울이 깔렸을 때, 크린트 이스트우드가 말했다.

"형씨, 나는 말이오. 미국에 갈 거요."

"미국? 가서 카우보이라도 하시게? 하긴 거긴 카우보이의 고향이지."

나도 모르게 꽤나 비꼬는 투로 말이 나왔다. 나는 샤이 반미주의자였다. 새 나이키 운동화를 꺾어 신는 것으로 미 제국주의에 대한 혐오를 드러내는 선배를 존경할 정도였으니

말 다했지. 다만 내겐 이데올로기를 드러낼 만한 조건이 성숙되어 있지 않았다. 낡은 월드컵 운동화를 꺾어 신는 것으로는 그 아우라를 흉내조차 낼 수 없었으니까.

크린트 이스트우드는 내 비아냥에 별 반응을 보이지 않았다. 오히려 어느 순간부터 그의 눈동자가 번쩍거리는 아, 리, 조, 나를 그대로 되쏘고 있었다.

"미국엔 왜요?"

내가 묻자, 잠시 머뭇거리던 크린트 이스트우드가 대답했다.

"…여기 있으면 말이오, 형씨. 나도 모르게 지나가는 중늙은이들을 자꾸 뒤쫓게 된단 말이오."

"그게 무슨 소리요?"

"처음엔 나도 내가 뭘 하고 있는 건지 몰랐소. 어느 날 웬할망구를 쫓아가다가 알았지. 혹시 나랑 닮은 구석이 없나 살펴보고 있던 거더라고. 나는 정말이지 내 부모가 전혀 보고 싶지 않아. 나는 언제나 그렇게 생각했소. 물론 지금도 그렇게 생각하지, 맨 정신일 때는. 나는 말이오, 형씨. 여길 떠나지 않는 한, 언제까지고 그러고 있을 거요."

"아, 예…."

"뭐 그렇다는 얘기요."

"그나저나 왜… 꼭 미국이오?"

"거기가 어디라도… 여기보다는 나을 테니까."

그가 잔을 들었고, 나도 마지막 술잔을 비웠다. 뭔가 할 말이 있었던 거 같은데, 소리가 되어 나오질 않았다. 술과 함께 삼켜버린 모양이었다. 나는 과자봉지를 터뜨려 새우 맛 스낵을 입 안 가득 쑤셔 넣었다.

와작와작 와그작

고막을 뚫고 머릿속을 가득 채운 그 소리에 잠들었던 취기가 깨어났다. 전작이 있었던 데다가 캡틴큐를 비우는 속도가 빨랐다. 이제 일어서야 할 때였다. 하지만 내가 움찔거리자 크린트 이스트우드가 내 어깨를 가만히 누르며 말했다.

"우리 한잔 더 합시다."

나는 거절하려고 했지만 취기가 먼저 입을 열었다.

"좋소."

어느덧 새벽이 가까워져 있었다. 아리조나가 문을 닫을 시각이었다. 크린트 이스트우드가 손님들이 먹다 남긴 맥주 대여섯 병을 빼돌려 술상에 얹어주곤 홀을 정리하러 들어갔다. 혼자서 김빠진 맥주를 홀짝거리는 동안, 중력이 급속도로 커졌다. 이번에는 사과 정도가 아니라 수박 몇 덩어리가 어깨에 얹힌 것 같았다.

젠장, 도대체 여기서 뭘 하고 있는 거지? 나와 전혀 상관없었던, 그리고 앞으로도 상관없을 남자가 짊어진 짐에 눌려 끙끙대고 있자니 문득 화가 났고 억울해졌다.

마음의 짐은 나눠도 덜어지지 않는다. 듣는 사람은 무거워지지만, 털어놓은 사람은 여전히 그 짐을 지고 가야 한다. 그러니 그건 얼마나 끔찍한 짓인가? 인류의 미래를 생각한다면 절대로 해서는 안 되는 짓이다. 다른 사람의 어깨로 옮겨질 때마다 짐은 두 배가 되는 것이고, 그럴 때마다 지구는 무거워질 테니까.

고개를 들자 증거가 보였다. 하늘엔 별 하나 남아 있지 않았다. 젠장, 그럴 수밖에. 지구가 추락하고 추락해서 별들과 너무 멀어져버렸으니까.

추락하는 행성에서 내가 할 수 있는 짓은 하나밖에 없었고, 나는 거기에 몰두했다. 크린트 이스트우드가 챙겨준 맥주병들이 죄다 바닥을 드러낼 무렵, 어쩐지 익숙해 보이는 실루엣이 나타났다. 휘청대는 지구를 간신히 진정시키고 보니, 푸른 남자였다. 그가 무거운 걸음으로 다가오고 있었다. 그를 보자 마음이 놓였다. 이 거친 사막에 갇힌 짜부라진 인생이 나 하나가 아니었으니 말이다.

그렇다고 그 남자를 아는 척하고 싶지는 않았다. 모르는 사람을 모른 척하기보다 쉬운 일이 세상에 또 있을까? 하지만 취기가 내 엉덩이를 반쯤 일으켰고, 당황한 나를 대신해서 말했다.

"저기요, 뭐가 이렇게 힘들죠? 세상이라는 거 말입니다."

푸른 남자가 멈췄고, 땅으로 향해 있던 고개를 들었다. 그와 눈이 맞는 순간, 나는 생각했다.

아이고, 지구를 추락시킨 진범은 따로 있었네.

푸른 남자는 탁한 눈으로 나를 한참이나 쳐다보았다. 그 눈길을 받고 있으려니 다리가 후들거렸다. 쓰러지지 않고 후들후들 버티는 내가 용했다. 아아, 사막에서는 혼자가 낫다. 사막을 떠도는 사람은 다 그럴 만한 사연이 있는 법이니까.

이윽고 푸른 남자가 입을 열었다.

"우리 애가… 집을 나갔어요. 오랫동안 찾아 헤맸는데, 아까 누가 그러더라고. 댁의 딸이 한복을 입고 유리창 안에 앉아 있는 걸 봤다고… 그 얘기를 듣자마자 달려왔는데…."

잠시 사이를 두고 푸른 남자가 말했다.

"우리 애가 진짜 거기 있을까봐, 한복 입은 우리 애를 거기서 만날까봐… 만났는데 집에서보다 더 좋아 보일까봐… 하… 뭐가 이렇게 힘들지? 세상이라는 거 말이오."

푸른 남자가 다시 눈을 들어 나와 눈을 맞췄다. 그러자 내 주둥이가 머리로부터 독립해서 저 혼자 떠들어대기 시작했다.

"그 사람은 따님이 아닐 겁니다. 아니, 아닙니다. 그건 확

실합니다. 왜냐하면… 왜냐하면 아, 그건 제 의견이 중요한 게 아닙니다. 그렇지 않습니까? 한복은 얼마든지 있습니다. 누구든 입을 수 있다는 얘깁니다. 한복의 용도를 한정해 놓고 좋지 않은 눈으로 보는 건 옳지 않다고 생각합니다. 게다가 한복을 입은 사람이 여기만 있는 것도 아닙니다. 아까 낮에만 해도 유리창 안에 한복 입고 앉아 있는 사람을 봤습니다. 여기 말고, 저기… 아, 신촌… 신촌역 부근에서 말입니다. 거기만이 아니라… 뭐, 솔직히 한복에 대해서는 잘 모릅니다. 그냥 제 생각이 그렇다는 겁니다. 제가 드리고 싶은 말은… 그러니까… 따님은 아마도 지금쯤 지나가는 사람들을 보고 어떤 얼굴을 떠올리고 있을 겁니다. 당장은 고개를 돌려 외면하겠지만, 더는 그럴 수 없을 때가 올 겁니다. 어쩌면 아직은 그게 누구의 얼굴인지 모를 수도 있습니다. 하지만 머지않은 어느 날, 그게 누구인지 깨닫게 될 날이 올 겁니다. 그게 언제가 될지는 모르지만 저는 꼭 그렇게 될 거라고…"

나는 내가 무슨 말을 하고 있는지도 모르면서, 끝내야 할 때를 찾지 못해 한없이 횡설수설하고 있었다. 나는 속으로 부르짖었다.

지구여, 이왕 멸망할 거면, 지금 당장!

그 순간, 아리조나의 네온 간판이 꺼졌다. 그것이 지구 멸망의 전조였다고 하더라도 나는 하늘을 향해 연속 땡큐를 쏘았을 거다. 야음을 틈타 마침내 말문을 닫을 수 있었으니까. 잠시 후, 어둠 속에서 푸른 남자의 웅얼대는 소리가 들려왔다.

　그가 무슨 소리를 했는지 나는 알 수 없었다. 그렇다고 물어볼 수도 없었다. 푸른 남자가 인사도 없이 오던 길을 되짚어 벌써 저만큼 가고 있었으니까.

-8-

　"오래 기다렸죠?"

　홀 정리를 끝낸 남자가 계단을 통해 내려왔다. 처음엔 그를 알아보지 못했다. 어두워서가 아니었다. 일상복으로 갈아입은 그는 다른 사람처럼 보였다. 권총도 카우보이모자도 없는 그는 더 이상 크린트 이스트우드가 아니었다. 하기야 불이 꺼지자 아리조나도 사막도 신기루였던 것처럼 스러져 버렸고, 이제 그곳은 더 이상 카우보이의 땅이 아니었다.

　우리가 찾아간 곳은 꽤 널찍한 호프집이었다. 곧 택시 할증이 풀릴 시간이었지만, 그곳은 무법자 역할을 끝낸 주정뱅이들로 북적대고 있었다. 나와 더 이상 크린트 이스트우드가 아닌 남자는 말없이 각자의 잔에 담긴 술만 홀짝거렸다. 할 말이 없었다. 밤새 너무 떠들어댄 모양이었다. 이윽고 더 이상 크린트 이스트우드가 아닌 남자가 서너 테이블 너머에 홀로 앉아 있는 사복차림의 미군병사를 가리키며 말했다.

"저기요… 혹시… 저기 저 사람이랑 얘기할 수 있어요?"

밤새 한 번도 들어보지 못한 음전한 목소리였다.

"미국 사람이랑 같은 자리에서 말을 해보는 게 소원이거든요."

나도 미국인과 같은 자리에서 말을 해본 적은 없었다. 그래도 주저하지 않고 자리에서 일어났다. 그 정도 소원 하나 못 들어주랴 싶은 생각도 있었지만, 더 이상 크린트 이스트우드가 아닌 남자와 같은 자리에 앉아 있는 게 못 견디게 어색했다.

내가 다가가서 인사를 하자 미군병사가 반색을 하며 맞았다.

"하이."

미군병사는 말이 몹시 고팠던지 속사포처럼 말을 쏟아냈다. 그러고 보니 영어였다. 나는 달아나려는 정신을 겨우 끌어 모아, 안간힘을 다해 혀를 굴렸다.

"슬로우리, 슬로우리."

미군병사가 말 속도를 현저히 늦춘 걸 보면, 내 발음이 상당히 정확했던 모양이다. 뭐 그래봐야 여전히 영어였다. 나는 이따금씩 귀에 걸리는 몇 개의 단어와 그의 표정과 몸짓들을 머릿속에서 섞어 나름의 의미를 조립해가며, 때로 고개를 끄덕였고 간헐적으로 미소 지었다. 그리고 미군병사와 눈이 맞을 때마다 적절한 대답을 들려주었다.

"아, 예…."

대화는 일방적으로 흘렀다. 물론 주도권은 내가 잡았다. 미군병사가 하는 말의 톤과 속도를 내가 조절했으니까.

"슬로우리, 슬로우리, 모어 슬로우리."

그런데 얼마간 대화가 진행됐을 때, 나는 왠지 이 상황을 겪어본 것 같은 느낌에 사로잡혔다. 그 느낌이 어디에서 연유했는지 깨달은 것은, 언제든 이 자리에 합류하려고, 잔뜩 기대에 들떠 있는, 더 이상 크린트 이스트우드가 아닌 남자와 눈이 마주쳤을 때였다.

그러고 보니 나는 밤새 똑같은 짓을 반복하고 있는 것이었다. 크린트 이스트우드나 푸른 남자가 했던 말들은 사실 내게 영어나 다름없었다. 간혹 고개를 끄덕이고 때로 미소를 지었지만, 나는 사실 그들의 이야기를 반도 알아듣지 못했다. 귀에 들어오는 몇 개의 단어와 그들의 몸짓과 표정을 조립해서 엉뚱한 의미를 만들어내고는, 그것에 대답하고, 싸구려 위로를 보내고, 심지어 끙끙 앓는 시늉까지 했던 것이었다. 문득 아리조나 주변 사막에서 내가 벌인 모든 행각

들이 빠르게 뇌리를 스쳐 지나갔다. 술이 올라 벌겋게 달아 올라 있던 얼굴이 이글이글 타올랐다.

미군병사가 헤이, 헤이, 딴생각에 빠진 나를 부르고는 블라블라 떠들어댔다. 알아들을 수 없는 소리에 더는 고개를 끄덕이고 앉아 있을 수 없었으므로, 나는 미군병사를 똑바로 바라보며 속삭였다.

"아 유 임페리얼리스트?"

미군 병사가 놀라 눈을 치켜떴을 때, 나는 재차 공격을 가했다.

"홧 타임 이즈 유어 네임?"

예상대로 미군병사는 혼란에 빠져들었다. 나는 자리에서 일어서서 다시 밤이 되면 크린트 이스트우드로 변할 남자에게 눈길도 주지 않고 문으로 걸어갔다.

빠빠빠 빠빠빠

헤어지는 마음이야 아쉽지만 웃으면서 헤어져요.

호프집을 나서자 길고 길었던 밤은 어느 사이 꼬리를 감췄고, 저 멀리에서 여명이 밝아오고 있었다. 나는 나의 골방을 향해 비틀비틀 걸어가기 시작했다.

1.

나
비
보
라
매

브라질에서 한 나비의 날갯짓이 텍사스에 돌풍을 일으킨다.

나비효과를 설명하는 유명한 말이다. 나는 브라질에도 텍사스에도 가보지 않았다. 그래서 나는 브라질의 나비가 어떻게 텍사스의 돌풍에 기여했는지 알지 못한다. 하지만 신림역의 나비라면 얘기가 다르다.

신림역의 나비는 한 세계를 붕괴시킨다. 거의.

이야기는 전화벨 소리와 함께 시작된다. 아직 핸드폰이 대중화되기 전이니, 제법 오래 전의 일이다. 전화를 받았더니 아랫녘에 사는 존경하는 선배였다. 상경했으니 만나자는 것이었다. 어디서요? 내가 묻자 존경하는 선배는 주위를 살피는 듯 어… 말을 끌더니 이렇게 말했다.

"신림동에 약속이 있어서 왔다. 저녁 7시에 끝나니까, 그때 신림역 〈나비 보라매〉로 나와라."

나는 몰랐지만, 그때 신림역의 나비가 날아와 내 머릿속에 내려앉았다.

신림역에 도착하자 아차 싶었다. 거긴 나와 별 인연이 없는 동네였다. 그래서 몰랐는데, 생각보다 컸다. 출구만 해도 여러 개였다. 지상으로 나와 보니 엄청 번화한 곳이었다.

지하도 출구 번호라도 확인할걸.

후회했지만 다시 연락할 방법이 없었다. 지금 생각해보면 어떻게 그럴 수 있었을까 싶지만, 그땐 휴대전화가 없어도 다들 잘 만났다. 별로 불안해하지도 않았다. 다행히 약속 시간은 아직 10여 분이나 남아 있었다.

나는 금세 찾을 거라고 생각했다. 약속장소가 '나비 보라매' 아닌가? 그건 괴상한 이름이다. 나비와 보라매는 더할 나위 없이 이질적인 존재다. 그걸 붙여놓다니 얼마나 특이한가? 분명히 그런 상호를 내건 상점은 딱 하나일 거다. 아마 주인의 특별한 경험이나 기호가 담긴 이름이겠지. 나는 그렇게 생각했다. 다만 어떤 업종의 상점인지 미리 확인하지 못한 건 조금 아쉬웠다.

부암동에 〈민족발전〉이라는 간판의 상점이 있었다. 그건 특이하긴 하지만 누구라도 조금만 생각하면 '아, 족발 가게 아닌가?' 하고 떠올릴 수 있는 이름이다. 하지만 나비 보라매는 달랐다. 그때까지 나는 맥주를 마시는 나비도, 소주를 즐기는 보라매도 본 적이 없었다. 아무리 생각해도 나비 보라매로 떠올릴 수 있는 업종은 단 하나도 없었다.

혹시 잊을까 싶어 나비 보라매, 나비 보라매, 나비 보라매… 되뇌며 거리를 헤맸다. 왼쪽, 오른쪽, 위아래로 연신 고개를 돌려가면서. 그때 지하철역들이 전부 그랬는지는 모르겠다. 어쨌거나 신림역은 가나다라로 출구번호를 매겨 놓고 있었다.

첫 번째 출구주변을 둘러보았다. 그런 이름의 술집은 찾을 수 없었다.

횡단보도를 건너 두 번째 출구주변을 살폈다. 그런 이름의 술집이나 카페나 레스토랑은 보이질 않았다.

다시 횡단보도를 건너 세 번째 출구 주변을 샅샅이 훑었다. 그런 이름의 술집이나 카페나 레스토랑이나 미용실이나 당구장이나 노래방은 찾을 수 없었다.

다시 횡단보도를 건너 네 번째 출구를 이 잡듯 뒤졌다. 그런 이름의 술집이나 카페나 레스토랑이나 미용실이나 당구장이나 노래방이나 다방이나 룸살롱이나 안마시술소는 어디에도 없었다.

다시 횡단보도를 건너 처음 뒤졌던 출구 주변을, 이번에는 범위를 확장해서 뒤졌다. 그런 이름의 술집이나 카페나 레스토랑이나….

시간은 속절없이 흘러갔다. 약속 시간이 닥쳤고, 지나갔고, 점점 초조해졌고, 이마가 뜨끈뜨끈 달아올랐다. 그리고 머릿속에 앉아 있던 모든 나비가 일제히 날아올랐다.

나는 도무지 이해할 수 없었다. 우선 나비 보라매가 그랬다. 뭐 얼마나 대단한 집이기에 모습을 감추고 영업한단 말인가? 선배도 납득할 수 없었다. 이렇게 많은 상점들 다 놔두고 하필 그런 집을 고른단 말인가? 정정당당하지 못하게 시리. 이해할 수 없기로는 그 거리를 가득 메운 인파도 마찬가지였다. 도대체 볼 게 뭐가 있다고 세계의 모든 인류가 한꺼번에 쏟아져 나온단 말인가? 좋아, 거기까지는 이해한다고 치자. 하지만 그 숱한 연인들은 도저히 이해할 수 없었다. 그 많은 술집이며 카페, 레스토랑, 미용실, 당구장, 노래방 다 놔두고 왜 그 좁은 골목에서 상대의 엉덩이며 어깨를 만지작거리면서 걸어 다닌단 말인가? 키스를 하건 애무를 하건, 좁은 길을 걸을 때는 한 줄로 가야 한다는 거 기본 중에 기본 아닌가?

30분가량이 지나자 존경하는 선배의 얼굴이 떠올랐고, 일 그러졌다. 올라오기 전에 미리 연락하면 좀 좋아? 이럴 거면 우리 동네로 오든지. 생각해보니 선배는 매사 그런 식이었다. 모든 게 제멋대로였다. 날 존중한다면 그럴 수가 없었다. 내가 존경하는 이유를 생각해보니 딱히 떠오르는 게 없었다. 자기가 무슨 세계평화에 기여했나? 조국통일을 앞당겼나? 인류복지를 위해 헌신했나? 확 존경하지 말아버릴까?

다시 시간이 흘렀다. 한동안 쳐다볼 틈이 없었던 한 인간이 상점 진열창에 비쳤다. 별로 존경할 것도 없는 인간을 만나겠다고, 비루한 인류가 점령한 그 거리를 헤매고 있는 하찮은 인간이 구부정하게 서 있었다.

찾아 헤맨 시간이 웬만한 영화 러닝 타임을 넘어갔을 때, 나는 하나의 결론에 도달했다.

나비 보라매는 없다. 나비 보라매라니. 다른 거 다 떠나서 같은 자리에 있을 수 있는 놈들이 아니지 않은가. 있었을 수는 있지만 이제는 없다. 한쪽이 먹어치웠든지, 그러기 전에 다른 쪽이 날아가 버렸지. 그런데 모든 것을 포기하려던 그 순간, 뭔가가 번개처럼 뇌리를 스쳤다.

아! 나비가 아니다!

아니, 나비는 나빈데 다른 나비다. 나비만 나빈가? 나비 말고도 나비가 있잖은가? 잔나비도 나비고, 고양이도 나비다. 잔나비야 그렇다 쳐도, 나비라고 불리는 고양이가 얼마나 많은가? 길고양이든 귀족 고양이든, 처음 만난 고양이는 모두 나비가 아니던가? 게다가 고양이 나비와 보라매는 그 자체로 얼마나 어울리는 한 쌍인가?

나비는 고양이다!

숨이 가빠졌다. 나는 거의 두 시간 동안 떠돌았던 골목골목을 다시 떠올렸다.

첫 번째 골목을 떠올려 샅샅이 살폈다. 그런 집은 없었다.

두 번째 골목을 떠올려 샅샅이 살폈다. 그런 집은 없었다.

세 번째 골목을 떠올려 샅샅이 살폈다. 그런 집은 없었다.

……

오천백서른아홉 번째 골목을 떠올려 샅샅이 살폈다. 그런 집은 없었다. 하….

나는 인류에 대한 애정을 잃고, 존경하는 한 인간을 잃고, 나 자신마저 잃어, 집을 떠날 때와는 전혀 다른 인간이 되어 지하도로 내려갔다. 그런데 그때, 뭔가가 내 눈길을 사로잡았다. 너무 오래 전이라 정확하진 않지만 이런 문구의 팻말이었다.

가A – 신대방역 방향

불현듯 설마… 하는 생각이 들었고, 나도 모르게 맞은편 출구로 달려갔다. 거기 기적이 기다리고 있었다. 그리 존경할 것 없는 선배가 계단에 앉아 졸고 있는 것이었다. 그의 머리 위 대략 2미터 지점을 보니 이런 팻말이 붙어 있었다.

나B – 보라매공원 방향

나B 보라매, 나비 보라매… 하…
내가 건드리기도 전에 선배가 부스스 깨어나며 말했다.
"왔어? 조금 늦었네? 술 먹으러 가자."
그때 머릿속에서 퍼덕이던 나비떼가 천천히 내려앉았다.
술자리로 향하는데 꼭 끌어안은 두 쌍의 연인이 길을 막고 알짱거렸다. 나는 다시 존경하게 된 선배에게 말했다.
"애들 참 보기 좋네. 그렇지 않아요?"

2.

눈의 가족

    그해 겨울은 추웠고 유난히 눈이 많았다. 어느 날 아침, 마당 건너에 있는 화장실에 가려고 슬리퍼를 꿰다가 넋을 놓았다. 손바닥만한 우리 집 마당이 하얗게 눈에 덮여 있었다. 어찌나 환하고 깨끗하던지, 마음이 어찌나 순해지던지, 나는 슬리퍼에 발을 꿴 채 마루 끝에 앉아 한참이나 망설였다. 아직 자고 있는 사람이 깨어날 때까지는 그대로 남겨두고 싶었다.

    그러다 문득 눈사람이 생각났다. 느닷없는 충동이었다. 내가 마지막으로 눈을 굴린 것은 우리 동네 공터를 떠돌던 공룡 한 쌍이 "이런 얼어 죽을⋯" 중얼거리며 영영 사라져간 그 무렵이었으니까. 나는 지체 없이 마당으로 뛰어들었다. 그 순간 아차, 싶었다. 자고 있는 사람은? 마루를 건너 그녀의 고른 숨소리가 들려오고 있었다. 뭐, 자고 있는데 알 게 뭐야.

눈을 주먹만큼 뭉쳐서 굴리자 금세 늙은 호박만한 거 하나, 통통한 수박만한 거 하나, 그렇게 두 개의 눈덩어리가 만들어졌다. 관례에 따라 그걸 아래위로 배치했다. 그리고 혼신을 다해 인간의 형상을 새겨 넣었다. 눈사람이 완성되자 마음 저 깊은 곳에서 거대한 외침이 들려왔다. 그게 손이냐! 차라리 발로 만들지 그랬어!

관용적인 표현이 아니어서 그렇지, 나는 그걸 눈사람이라기보다는 눈 곰이나 눈 개, 혹은 눈 떡이라고 부르고 싶었다. 드라마 사상 가장 유명한 대사 하나가 머릿속에서 맴돌았다.

"부셔버릴 거야!"

그때 등 뒤에서 아내의 목소리가 들려왔다.

"우리 집에 새 식구가 생겼네?"

나는 단단하게 쥐었던 주먹을 얼른 풀어 손바닥으로 눈사람을 쓸어내리며 아내에게 말했다.

"예뻐?"

그녀가 환한 얼굴로 대답했다.

"응, 예뻐."

그때부터 녀석은 마당가 그곳에 있었다. 안 보는 동안은 지가 어쩌는지 몰라도 내 눈이 갔을 땐, 언제나 같은 자리를 지켰다. 그렇다고 그걸 자주 들여다볼 만큼 비위가 좋았다는 얘기는 아니고.

며칠 후, 어느 볕 좋은 날. 문득 보니 녀석이 땀을 흘리고 있었다. 가만 보니 다소 홀쭉해진 것 같았다. 함께 보낸 시간이 적지 않아서일까? 괜히 짠해서 음지 바른 곳으로 옮겨 주었다. 그때부터 녀석이 자꾸 눈에 들어왔다. 그 무렵엔 아내가 바빠서 집을 자주 비웠다. 나는 일을 해도 놀아도 집 밖으로 나갈 일이 별로 없었다. 자연히 혼자 지낼 때가 많았다. 그렇다고 쓸쓸하다거나 외롭다거나 했던 적은 없었다. 그렇게 생각했다. 그런데 아닌 모양이었다. 녀석을 보고 있으면 굉장히 푸근해졌다. 심심할 땐 아내가 눈치 채지 못할 만큼 다듬어 주었고, 손톱으로 자국만 내놓은 눈자리에 단추도 대보았다. 날이 풀려 녹아버리면 어쩌나 새벽에 괜히 마당을 서성거린 것도 여러 날이었다.

어느 날 우리 부부가 밖에서 1박을 할 일이 생겼다. 집을 나서고 보니 하필 제일 추운 날이었다. 내내 마음이 편치 않았다. 눈사람은 아니고 집 때문에.
우리 집은 일제 강점기에 지어진 완전 구옥이었다. 일반적으로 집안에 있는 화장실이며 부엌 등등 내 주요 공간이 외부에 있었다. 기온이 영하 15도면 부엌도 화장실도 영하 15도에 가까웠다. 추운 걸로 따지면 훨씬 더 추웠다. 바깥엔 햇볕과 바람이 추위를 이리저리 흩어놓기라도 하는데, 실내에서는 추위가 지들끼리 꽁꽁 뭉쳐 있었으니까. 너무 추운 날엔 밖에 나와 한참 동안 몸을 녹이고 다시 들어갔다. 그런 집이었다.

다음 날. 아내에게 다른 일정이 생겨서 혼자 돌아오는데 집에 가까워질수록 걸음이 빨라졌다. 집 걱정 때문은 아니고, 내 사회적 위상 때문에. 배가 살살 아팠다. 자칫 실수할 것 같았다. 집까지 허둥지둥 달려와서 대문을 활짝 열고 뛰어들어가 화장실로 달려가니 아뿔싸! 변기 속이 꽝꽝 얼어 있었다. 수도도 전부 얼어 있었다. 더 안 좋았던 것은 단 한 방울의 물도 받아 놓지 않았다는 점이었다.

나는 변기를 가득 채운 얼음덩어리를 내려다보며 생각했다. 지금 내 뱃속에서 나오려고 아우성치고 있는 내용물은 일정한 온도와 질량을 지니고 있다. 그걸 저 표면에 올려놓으면 온도와 압력으로 인해 얼음을 파고들 것이다. 하지만 얼음의 저항에 의해 갈수록 온도를 잃을 것이고 필경 중간 어디쯤에 갇히고 말 것이다. 문득 빙하에 갇힌 매머드가, 그 만년 동안의 고독이 떠올랐다.

나는 고개를 저어 매머드를 털어냈다. 그리고 얼어가는 머리를 쥐어짰다. 더 이상은 아무 생각도 안 났다. 늘 그래 왔던 것처럼 아랫배의 통증만 점증됐다. 인류문명의 발달을 현저하게 저해하는 요소들 중 하나를 쓰시오, 라는 주관식 문제를 만나면 대번에 답을 쓸 수 있을 거 같았다. 배탈, 이라고.

문득 지하철역이 떠올랐다. 생활정보지에 따르면 도보로 5분 거리였다. 나는 대문을 박차고 뛰쳐나갔다. 전속력으로 달려가는 동안 생활정보지 발행인을 고소하고 싶었다. 시간은 6분을 지나 7분을 넘어서고 있었지만 지하철역은 좀체 눈에 들어오질 않았다. 뭐 간헐적으로 멈춰 까치발로 서 있어야 하긴 했지만.

역시 옛말 그른 게 없었다. 거길 들어갈 때와 나올 때 마음이 확연히 달랐다. 몸이 편해지자 머리가 활발히 돌았다. 구심력으로 인해 걱정이 집중됐다. 수도관의 동파를 막으려면 서둘러야 한다. 시간이 갈수록 점점 속으로 얼어 들어가 수도관 전체가 얼음으로 메워진다. 끝내는 터진다. 그 전에 손을 써야 한다. 하지만 어떻게? 대문간까지 갔지만 나는 선뜻 문을 열지 못하고, 밖에서 서성대며 몸을 녹였다.

묵직한 나무 대문을 밀고 들어갔을 때, 문득 눈사람이 눈에 들어왔다. 그 추운 밤을 홀로 지킨 녀석을 보니 코끝이 찡해졌다. 나는 그 앞으로 다가가 녀석을 굽어보며 깊은 생각에 빠져들었다.

가족이란 무엇일까? 언제나 그 자리를 지켜주면서 말은 하지 않아도 안도와 위안을 주는 존재가 아닐까? 녀석이 꼭 그랬다. 나는 녀석의 차가운 머리를 쓰다듬었다. 그리고 또 생각했다.

가족이란 무엇일까? 눈에 보이는 것이 전부일까? 굳이 그 자리를 지키지 않는다고 하더라도, 그 존재 자체만으로 마음을 그리고 몸을 푸근히 녹여주는 존재가 아닐까? 후자가 내게 더 유리하게 여겨졌으므로 나는 얼른 생각을 그쳤다.

나는 잠시 묵념을 했고 떨리는 손으로 녀석의 머리를 들어냈다. 그리고 부엌으로 들고 가서 제일 큰 냄비에 앉혔다. 잠시 후, 녀석은 가스레인지 위에서 끓는 물이 되었고, 가족의 희생에 감동한 수도꼭지들이 부엌에서부터 차례차례 물을 흘려보내기 시작했다.

3.

서
울
대

공
대

　모처의 흡연 공간에서 담배를 피워 무는데 60대 중반의
꾀죄죄한 남자가 두리번거리며 다가온다. 남자가 꽤나 형형
한 눈빛으로 내 얼굴을 한눈에 훑더니 다짜고짜 말한다.

　"서울대 공대?"

　"네?"

　"딱 보니 알겠어."

　"뭐를요?"

　"머리를 타고났구만. 서울대 공대 나왔지?"

　"아닌데요."

　"아냐?"

"아닌데요."

순간, 남자의 얼굴에 당황한 기색이 감돈다. 하지만 이내 유연하게 넘긴다.

"아니, 내 말은… 아저씨 말고 아드님 말이야."

"제 아들이요?"

"아들이 친탁했네. 아빠 닮아서 머리가 엄청 좋아. 맞지? 서울대 공대."

"아닌데요."

"아… 다른 과를 갔구나. 공대를 갔어야 했는데…."

"그런가요?"

"아, 그렇다니까. 미리 알면 좋았을걸. 법대?"

"아뇨."

"상대?"

"아뇨."

남자가 내 얼굴을 다시 살핀다. 초조해 보인다. 내게 초자연적인 힘이 생긴 걸까? 남자의 마음이 읽힌다. 상대하기 싫으면 딴 데로 가버리든지, 아니면 하나라도 맞는다고 해주든지. 싫은 소리를 하는 것도 아니고. 젠장.

잠시 머뭇대던 남자가 다소 과장된 몸짓을 해 보이곤 탄성을 지른다.

"아! 아, 아… 그러네."

"뭐가요?"

"딸이다."

"진짜 뭐가 보여요?"

"보이니까 얘길 하지. 안 보이면 얘길 할 수가 있나? 맞지? 딸이 서울대 공대…"

"아닌데요."

"저런, 쯧쯧쯧. 공부를 안 했구나. 아빠를 닮아서, 타고나기는 머리가 엄청 좋게 타고났는데."

"저, 딸 없는데요."

나는 남자가 얼굴을 붉힐 줄 알았다. 헛기침을 하며 멀어질 줄 알았다. 하지만 남자가 보여준 건 극히 짧은 머뭇거림이 전부다. 0.03초 후 남자가 말을 잇는다.

"아니… 딸 말고 아들 말이야. 아저씨 관상에 딸은 없어요, 원래."

"별 게 다 써 있네. 그래서요?"

"공부 잘해봐야 뭐해? 서울대 공대 나와봐야 시다바리밖에 더 하나? 사내애들은 건강이 최고지. 안 그래요?"

"그렇죠. 저도 그렇게 생각합니다."

"아들이 운동하지?"

"아뇨."

"아냐?"

"아닙니다. 저, 아들 없습니다."

"아… 자녀가…?"

"없습니다."

다소 피로해 보였던 남자의 얼굴이 뜻밖에도 슬그머니 펴진다.

"아깝다. 낳기만 낳았으면 서울대 공대는 공부 안 해도 한 번에 갔을 텐데."

"그래요?"

"아직 안 늦었어요. 얼른 낳아. 좋잖아. 서울대 공대 아무나 갈 수 있는 것도 아니고."

본인은 제대로 봤는데, 내가 운명을 저버려서 어쩔 수 없었다는 얘기다. 상대가 너무 떳떳하게 나오니 나는 괜히 미안해진다. 슬슬 자리를 뜨려는데 남자가 막아선다.

"저기… 내 말이 그럴듯했으면 복비 쪼로 만원만. 정신을 집중했더니 배가 너무 고파서."

나는 얼마간의 돈을 드린다. 복비는 아니고, 공연 관람비로. 남자가 연신 허리를 굽실대더니 새로 나타난 흡연자에게 다가가며 다짜고짜 말한다.

"서울대 공대…?"

4.

관
상

"여보세요. 어? … 하하하. 좀 바빠서 이따가 문자로."

어느 날, 통화를 마치면서 깨달았다. 소통에 문제가 생겼다. 내 뜻을 보내는 데에는 문제가 없었다. 저쪽의 말을 알아듣기가 쉽지 않았다. 상대가 외국인인 건 아니었다. 그랬다면, 잘못 거셨습니다, 라고 정중하게 말하고 끊었을 테니까.

벌써 이럴 리가 없는데… 애써 부정하다가 문득 아버지가 생각났다. 아버지가 지금 내 나이 때, 나는 고등학생이었다. 그래서 기억이 비교적 생생하다. 그때 아버지는 식구들 말을 잘 듣지 않았다. 그러면서 할 말은 다 했다. 그 나이가 되고 보니 아버지가 이해됐다.

아, 그래서였구나. 잘 들리질 않으니까.

하기야 거울 앞에 섰다가 놀라 의관을 정제한 적이 한두 번이 아니었다. 거울 속에 나를 꼭 닮은 늙은 인간이 나를 쳐다보고 있어서. 그렇다고는 해도 벌써 청력까지 쇠하다니.

노안과는 또 다른 문제였다. 또래라 할 수 있는 인간들이 노안의 방문을 받기 시작한 건 꽤 오래 전의 일이었다. 또래의 모임은 노안에게 점령당한 인간들의 절망으로 술렁댔다. 그것도 한때였다. 내 또래는 오래지 않아 노안에게 정복당했다. 누군가에게 노안이 찾아왔다는 건 더 이상 뉴스거리가 아니었다. 이제 노안은 후배라 할 수 있는 인간들마저 점령했고, 계속 남하 중이다.

하지만 내 주변에서 노청의 방문을 받았다는 소식은 아직 들어보지 못했다. 내가 첫 희생자인 모양이었다. 아니면 다들 숨기고 있거나. 어쨌거나 나는 누구에게도 이 비참한 소식을 전하지 않기로 작정했다. 놀림감이 되기 싫었고, 동정을 받고 싶지도 않았다. 어떤 이유에서건 혼자가 된다는 건 서글펐고, 외로웠다.

나는 나만의 통화 기법을 개발했다. 저쪽이 웃으면, 무슨 소린지 몰라도 같이 웃는다. 침묵하면 같이 침묵. 말끝에 물음표가 붙으면, 지금은 바쁘니까 이따가 문자로 보내주세요.

가짜 소통을 끝내고 나면 포옥 한숨이 새어나왔다. 날이 갈수록 알아듣는 단어의 숫자가 줄어들었다. 때로는 한 마디도 알아듣지 못했다. 주위가 고요하면 그나마 나았다. 벨이 울려도 집이 아니면 부재중 전화로 내버려뒀다. 나는 원래 공공장소에서 빽빽 소리치며 통화하는 인간들을 좋아하지 않았다. 이제 그들에게 친근감을 느꼈다. 그 대신 소곤소곤 통화하는 젊은 것들이 싫어졌다. 질투가 났다.

어느 날, 전화기가 아스팔트로 자유 낙하를 했다. 약정 끝난 놈이 액정마저 끝장났다. 바꿔? 마라? 고민 따위 들지 않았다. 큰돈 들여봐야 어차피 들리지도 않을 테니까. 수리 점에 맡기고 30분 후에 찾아가니 수리기사가 말짱해진 전화기를 돌려주며 말했다.

"전화 잘 들리세요?"

얼굴에 슬쩍 조롱기가 엿보였다. 울컥, 뭔가가 치솟았다. 이 자식… 뺨을 후려칠까? 잠시 고민하다가 참았다. 대번에 달려들 관상이었다.

"그건… 왜 묻는 거요…?"

분노를 가까스로 누르고 칼칼한 소리로 물었다. 기사가 다시 웃었다. 나는 관상에 대해서는 잘 모른다. 하지만 기사의 큼직한 두상과, 길게 찢어지고 처진 눈, 그리고 두툼하고 각진 턱을 보며 나는 생각했다.

저건 틀림없이 소시오패스나 사이코패스의 전형적인 관상일 거야. 집에 가서 찾아봐야지.

수리비용을 내려고 카드를 꺼내드는데 전화벨이 울렸다. 노청을 들켜서 저 소시오 혹은 사이코패스의 비웃음을 사고 싶지는 않았으므로 나는 얼른 카드를 내밀었다. 그러자 기사가 말했다.

"전화 안 받으세요?"

또 웃는다. 이 자식. 때리면 달려들겠지? 관상을 봐선 틀림없이 그럴 거야. 참자.

나는 아무렇지도 않은 척 어깨를 으쓱해 보이곤 전화를 받았다.

"여보세요."

세상에 이런 일이! 전화를 건 인간은 수리기사였다. 그런데 수화기로 들리는 목소리가 너무나 또렷하고 우렁찼다. 이게 어떻게 이렇게… 내가 더듬거리자 기사가 말했다.

"스피커 구멍에 먼지가 꽉 찼더라고요. 제가 바늘로 다 파냈습니다."

기사가 환하게 웃었다. 그렇게 선한 관상은 처음이었다.

수리점을 나서는데 저 앞 200미터 지점에서 바늘 떨어지는 소리가 들려왔다. 구부정 굽었던 등이 저절로 꼿꼿해졌다.

5.

명작의 조건

　어느 날, 아내가 아마추어 화가로부터 그림을 선물 받았다. 내 눈에는 좋아 보였다. 그러니까 주관적으로는 명작이었다. 하지만 믿을 만한 눈은 따로 있다. 내 눈은 아니다. 그림 어떠냐고 아내가 묻길래 이렇게 대답했다.

　"나쁘지 않네."

　뭐 늘 그런 식이다. 좋다, 나쁘다 판단하지 않는다. 속으론 판단해도 섣불리 내놓지 않는다. 대개의 분야에서 그렇지만 그림에는 유난하다.

　국민학교 1학년 때 담임은 매의 눈을 소유한 분이셨다. 아마 내 생애 처음으로 구상작품을 그리는 미술시간이었을 거다. 내 작품은 줄넘기하는 사람이었다. 내 눈에는 좋았다. 뿌듯해서 잘 보이게 밀어놨더니, 매의 눈 담임이 내 자질을 한눈에 알아보셨다.

"아이구, 이것도 그림이라고…."

나는 그날로 미술계와 맺지도 않은 인연을 끊었다. 인생의 낭비를 단 한마디 말로 막아주셨으니, 얼마나 고마운 선생님인가. 스승의 은혜는 하늘같아서 우러러 볼수록 높아만 진다.

나쁘지 않은 그림이 우리 집에 들어온 며칠 후. 술 한잔 하겠다고 온 친구가 그림을 보고는 탄성을 질렀다.

"오~ 그림 좋다."

나는 얼른 대답했다.

"그렇지?"

만약 친구가 반대로 얘기했다면, 나는 십중팔구 이랬을 거다.

"그렇지?"

확인을 위해 다른 친구가 불려왔다. 그 친구의 반응도 똑같았다. 나는 숨을 골랐다. 일단은 명작이다. 적어도 다수결의 원칙에 따르자면. 말하자면 민주적인 명작? 갈수록 그림에 윤기가 흘렀다.

잠시 후, 또 한 사람이 왔다. 그림에 비교적 조예가 깊은 선배였다. 술이 두어 순배 돌았을 무렵, 나는 헛기침을 했다.

"형, 좋은 그림 하나 얻었는데 한번 봐주셔."

대화에 열중하느라 선배가 못 들었다. 이거 징조가 안 좋은데… 다시.

"형, 괜찮은… 그림 있는데 보실래?"

또 못 들었다. 자신감이 현저히 떨어졌다. 아무래도 앞의 두 친구와는 달리 선배는 비교적 매의 눈이었으니까. 아주 오래 전에 들었던 한 목소리가 문득 떠올라 머릿속에서 맴돌았다.

아이구, 이것도 그림이라고….

이럴 땐, 줄타기다.

"형, 썩 나쁘지 않은 그림이 굴러 들어왔는데 한번 보시든지."

이번에는 들었다. 그림을 보는 선배의 눈이 가늘어졌다가 커졌다.

"오~ 좋다."

"정말?"

"좋아, 감각이 아주 좋다. 최근에 본 작품 중에 손꼽을 만해."

만장일치다! 화백회의에 내놓고 싶은 명작이다. 어디, 어디. 다시 그림을 보는데 그림의 요소요소가 빛났고, 후광까지 드리웠다.

마음이 구름을 탔다. 요새 친구들한테 너무 얻어만 먹었어. 한 번 쏠 때도 됐다. 뭐가 좋을까? 삼겹살? 돼지갈비? 에이, 명작의 소유자가 쫀쫀하게… 한우 등심으로 하자. 그리고 2차는… 공익적으로 시작된 욕심이 사적인 영역으로 옮아가며 슬슬 자랐다. 도배를 새로 해야 되는데. 싱크대도 바꿔야 하고. 아니다. 아예 새집으로 이사를 가버리자, 이참에.

그렇게 슬슬 꿈을 키워 가는데 선배가 제동을 걸었다. 인간평론에도 능한 분인지라, 내 생각을 꿰뚫어본 모양이다.

"근데 이게 돈이 되는 건 쉽지 않아."

"형, 그게 무슨 소리야?"

"먼저 그 친구가 화가가 돼야지. 프로 화가."

"아, 그래? 설득해봐야지. 할 수 있을 거야. 할걸?"

"프로 화가로서 인정을 받아야 하고."

"취미로 그린 것도 이 정돈데 조금 다그치면 인정받는 거야 뭐. 채찍이나 인두 같은 거, 준비해두지 뭐. 쓰고 싶지는 않지만 필요할 수도 있으니까."

"그 다음에도 차분히 경력을 쌓아야 하고…."

"…언제까지?"

"10년이 걸릴 수도 있고, 20년이 걸릴 수도 있고… 인정받을 때까지."

뭐? 도배상태도 싱크대도 엉망인 이 집에서 10년이고 20년이고 가만히 기다리고만 있으라고? 갑자기 40여 년 전에 관계를 단절한 미술계에 환멸이 들었다.

"이건 정상이 아냐. 정상이 아닌 정도가 아냐. 진짜 말도 안 돼."

"뭐가?"

"그렇잖아요. 그림이 좋으면 좋은 거고 아니면 아닌 거지, 누가 그린 게 뭐가 그렇게 중요한데요? 노래가 좋으면 좋은 거지, 비틀즈가 만들면 명작이고 크라잉넛이 만들면 거지 깽깽인가? 축구에서 골 넣으면 다 한 골이지, 넣은 사람이 누구냐에 따라 두 골 되고 세 골 되고 그래요? 이게 말이 돼요?"

"내가 그런 거 아닌데?"

"진짜 웃겨. 무슨 그림에 계급장을 붙여 놓구 난리야. 누가 그리면 점 하나만 찍어도 몇 십 억, 초짜가 그리면 입이 딱 벌어지는 그림도 몇 만 원. 그런 걸 당연하게 여기고 그냥 받아들이는 거, 이거 웃기는 거 아녜요? 안 그래요?"

"얘가 왜 이렇게 흥분하고 그래?"

"흥분은 누가 흥분을 해요? 내가 지금 싱크대 때문에 이러는 거 같아요?"

"싱크대라니? 싱크대에 무슨 문제라도 있어?"

"아, 그런 거 아니라니까! 형은 사람을 뭘로 보구."

다시 두어 순배의 술이 돌았을 때, 이제 불쾌해진 얼굴로 선배가 말했다.

"저 그림이 제값을 받을 수 있는 방법이 아주 없는 건 아냐."

"어떻게?"

"화가가 일찍 죽으면."

"아…."

그때 나는 명작의 소유주가 되는 걸 완전히 포기했다. 명작이란 참 힘들구나. 사람이 얼른 죽기를 바라야 한다니, 명작의 조건은 참 비양심적인 것이로구나. 됐다. 싱크대는 싱크대고 그림은 그림이지. 화가가 일찍 죽어야 한다니… 거기까지는 바라지 말자.

저절로 그렇게 된다면 뭐 어쩔 수 없는 일이긴 하지만.

6.

윤동식도 아니면서

"어깨 좀 펴. 눈에 힘도 좀 넣고."

아내가 말한다. 오래 묵은 불만이고 주문이다. 거울 앞으로 간다. 둘 중 하나로 보인다. 졸고 있는 중이거나, 자다가 막 깼거나. 아내가 내 등을 탁탁 쳐서 반듯하게 펴주며 말한다.

"사람들이 뭐라겠어? 없어서 추레한 줄 알아."

그녀 말이 맞다. 좋아, 그렇게 하자. 없을수록 당당하게. 만날 오해받는 눈에 힘을 준다.

"이만큼?"

"쫌 더."

"이만큼?"

"쫌 더."

"이만큼?"

"그래, 딱 그만큼."

눈꺼풀을 떠받치고 있자니 에너지가 두 배는 든다. 눈도 시리다. 하지만 반만 열려 있던 눈을 죄다 여니 세상이 넓다. 해야 할 일도 눈에 척척 들어온다. 어깨를 활짝 펴고 설거지를 마친다. 절로 당당해진다. 아내에게 큰소리도 쳐본다.

"여보! 나 한잔하고 오면 안 될까?"

술자리로 가며 새삼 고개를 끄덕인다. 풀린 눈과 가라앉은 어깨, 골격을 감싸고 있는 액체형 근육들… 그렇게 내게 속해 있는 구부정한 것들이 세상의 편협한 온갖 편견들과 맞물리면서 나에 대한 오해를 조장하고 있다. 좋아. 오늘부터 새사람으로 거듭나는 거다.

효과는 즉각 확인된다. 술친구가 눈을 부비고 나를 다시 본다. 그야말로 괄목상대한다.

"너 어쩐지… 달라진 거 같아…."

나는 당당하게 응대한다.

"아니. 이게 원래의 나야."

고개를 갸웃하며 보던 친구가 시선을 돌린다. 한 잔 또 한 잔… 시간이 지나면서 친구의 시선이 점점 떨어진다. 나와 함부로 눈을 마주치지 못한다. 대화도 길게 이어지지 못한다. 늘 에둘렀던 내 표현이 직선으로 날아가서다.

"아니! 나는 그렇게 생각하지 않아! 니가 틀렸어!"

친구가 놀란 눈으로 말한다.

"철도 들기 전에, 노망났어?"

술자리가 평소보다 일찍 파한다. 먼저 일어서려는 친구를 눈빛으로 제압한다. 호기롭게 카운터로 달려가 당당하게 카드를 긁는다. 뒤미처 달려온 친구가 히죽거리며 중얼댄다.

"원래의 너… 괜찮다."

술집 앞에서 헤어지면서 친구가 말한다.

"근데 너… 누구를 닮았어. 누구더라…? 아무튼."

지하도를 걸어가는 제법 불콰한 얼굴의 딱부리 눈에, 어깨가 바싹 올라간, 액체형 근육질의 인간을 행인들이 슬슬 피한다. 눈이 시리고 어깨가 쑤셔온다. 나약해지는 맘을 다잡는다. 그럴수록, 더 당당하게.

전철에 오른다. 당당해지니 운도 따른다. 빈자리가 나를 맞이한다. 엉덩이를 등받이까지 밀어 허리를 꼿꼿이 세워 앉는다. 어깨를 쫙 펴고 손은 허벅다리 위에 힘차게 올려놓는다. 온몸에서 에너지가 흘러넘친다. 다소 과도하게 넘쳐흐르는 거 아닌가 싶지만, 개의치 않는다.

그런데 어째 감이 좋지 않다. 맞은편 자리의 노인이 나를 뚫어지게 보고 있다. 어깨가 넓고 눈매가 사나운 노인이다. 체육인 출신 같다. 나도 그 눈을 피하지 않고 당당하게 맞선다. 속으로 다짐한다. 지지 말자.

노인이 고개를 길게 뺀다. 나도 고개를 빼서 마주본다. 지지 말자.

노인이 주춤, 일어선다. 마음에 파문이 인다. 저분이…왜…? 나는 슬쩍 고개를 돌린다.

노인이 다가온다. 나도 모르게 고개가 가라앉는다. 노인이 말한다.

"자네… 혹시 윤동식 군, 아닌가?"

어디선가 들어본 이름이다. 누구더라?

"자네… 격투기 선수 윤동식 군이지? 맞지?"

"아, 아닙니다. 저는 윤동식이나 뭐 그런 사람 아닙니다. 저는 그냥…"

"그 눈빛이며 자세를 보니 윤동식 군 맞구만 뭘 그래? 자네, 생각보다 어깨가 좁군. 가슴도 빈약하고. 머리는 예상보다 크군."

"윤동식이 아니라서요."

"나 이상한 사람 아니야. 굳이 따지자면 자네 선배라고 할수 있지."

노인이 눈을 더 부릅뜨고 내 눈을 응시한다. 노인의 우악스러운 손이 내 어깨를 잡는다. 악! 비명과 동시에 내 눈이 스르르 풀린다. 어깨가 가라앉는다. 나를 다시 살피던 노인이 중얼거리며 제자리로 간다.

"웃기는 친구로군. 윤동식 군도 아니면서 왜…"

전철에서 내리며 아내에게 둘러댈 말을 찾는다.
"여보, 있지… 난 말이야, 음… 이게 그냥 나야."

7.

일련의 사유과정

　어! 한 시가 넘었다! 어쩨 배고프다 했어. 뭘 먹지? 밥은 어제 해둔 게 있고… .

　흐흐흐 옛날 생각나네. 어떤 선배가 배 엄청 고프다며 뭐라 그랬는데… 아 맞다. 기존의 밥, 있어? 식은 밥이라는 말이 생각 안 난 거지.

　기존의 밥이 뭐냐? 기존의 밥이. 어떻게 그게 생각이 안 날 수가 있냐? 하긴 남 얘기가 아니다. 단어들이 사라지고 있어. 엊그제만 해도 그래. 아내랑 한잔하면서 내가 그랬었지.

　"그 왜 있잖아, '그때', '거기'에 놀러 갔을 때, '그 식당'에서, 먹은 '그거' 되게 맛있지 않았어?"

아내는 대번에 그랬지.

"아, 그거. 진짜 괜찮았어."

그리고 그녀는 이렇게 말했어.

"근데 그 전에 놀러갔을 때가 더 좋았어. 왜, 그… 걔 있잖아, 마르고 키 큰 애. 걔랑 같이 갔던 그 식당에서 먹은 그거. 그… 거무데데하게 무쳐 나온 그거. 그게 정말 끝내줬는데."

그리고 대화는 막힘없이 이어졌지. 아아, 세계 8대 불가사의야 이건.

나이는 기억력을 먹고 자라나 봐. 명사들이 죄다 사라지고 있어. 고유명사를, 특히 동구권이나 이란 영화감독 이름들을 숨도 안 쉬고 쏘아대는 젊은 애들 보면 샘나. 그래서 뭐? 그거 잘해서 뭐 할 건데? 인생은 그게 전부가 아냐.

안 돼, 안 돼. 앞으론 그러지 말자. 벌써 기존의 세대로 편입돼서는 곤란해. 기존? 기존 말고 뭔가 다른 말이 있는데….

이런, 이런. 내가 뭘 하려고 했지? 밥! 그래, 그래. 밥을 먹으려고 했지. 근데 반찬은…? 사흘 전에 사둔 허연 그 뭐냐… 맞다, 두부. 상하기 전에 먹어 주자.

두부를 이용한 반찬이면 된장찌개지. 그냥 편하게 고기나 넣고… 아니지. 된장찌개에 고기는 좀 그렇다. 솔직히 요새

고기 너무 먹어. 그러고 보면 세상 많이 달라졌다. 옛날에는 한 달에 한 번이나 먹었을까?

그날이 생각나네. 친척들이랑 어딜 갔었는데… 호수가 있고, 산이 있고… 아, 몰라 몰라. 잘 사는 이모네가 불고기를 엄청 재왔었지. 밥을 꾸역꾸역 먹는데 엄마가 옆구리를 찔렀어. 맨날 먹는 밥 그만 먹고 고기나 먹으라고. 아이고, 고기도 먹어 본 놈이 먹는 거지. 그게 들어가나 어디. 엄마도 참…

정신 차려! 뭐하는 거야, 지금? 제발, 밥에 집중하자. 된장찌개를 하자. 먼저 멸치 다시를 하고… 가만, 채소가 있나? 감자는 다 먹었고, 호박은 상했네. 슈퍼에 갔다 올까? 지금? 그럼 세수를 해야 되잖아. 나중에 가자, 일단 밥부터 먹고.

맞다, 맞다, 냉장고에 냉동 홍합이 있지. 홍합! 홍합 좋다. 홍합은… 시원한 맛에 먹는 거잖아. 된장찌개에는 역시 모시조개지. 백합도 괜찮구, 대합도 뭐….

됐어! 없는 건 없는 거야! 문제는 홍합이야. 홍합! 근데… 그걸 뭐라고 불러야 하지? 홍합 된장찌개? 그건 너무 서양적인 이름 짓기 같은데. 홍합탕? 이름 속에서 된장이 살질 않잖아.

홍합… 근데 꼭 된장을 넣어야 할까? 홍합의 시원한 맛을 잡아먹을 거 같은데. 좋아. 그냥, 시원하게 홍합… 홍합만 끓이면 뭐라 불러야 되는 거지? 홍합곰탕…? 오, 좋다!

국물은 결정! 나머지 반찬은…? 에이, 김치가 있잖아, 혼자 먹는데 김치만 있음 되지. 좋았어, 김치 국물에 밥을 말아 먹는 거야.

김치 국물…? 그럼 홍합 곰탕은 왜…? 됐어, 됐어. 고민 말고, 정해 놓은 거니까, 그렇게 먹자. 어!!! 맞다, 두부! 두부는 어떡하지? 유통기한이 지나가고 있잖아. 좋아, 두부 된장찌개를 끓이자. 근데 채소가….

아, 안되겠어. 탈진이다. 주, 주, 중국집, 전화번호가 어떻게 되더라…?

8.

미
묘

지
상
주
의

    신혼 때 한옥에 살았다. 우리 부부 나이를 합친 것보다 늙은 집이었다. 우리를 그리로 이끈 건 천창이었다. 안방과 부엌의 지붕에서 기와를 걷어내고 작은 창을 냈는데, 우리가 안방을 둘러보고 있을 때, 마침 거기에 달이 머물렀다. 아내가 꺄아 탄성을 질렀고, 그것으로 집을 구하러 돌아본 첫 집이 신혼집이 되었다.

    천창 아래 누워 달도 보고 별도 보며 감탄했던 건 초기의 몇 번이 전부였다. 살다 보니 알게 됐는데, 그 골목의 유일한 단층건물이어서 우리 집엔 빛이 거의 들지 않았다. 천창은 궁여지책으로 만든 햇빛의 통로였다. 그런데 그건 빛만

왕래하는 통로가 아니었다. 천창을 통해 겨울에는 냉기가, 여름에는 열기가 무지막지하게 쏟아져 들어왔다. 한 겨울과 한 여름을 지낸 후, 우리는 천창을 막아버렸다. 그래도 우리는 그 집을 좋아했다. 굳이 말하자면 천창 빼곤 다 좋았다.

비 오는 날엔 처마에서 떨어지는 빗소리를 들으면서 한잔 했고, 눈 오는 날에는 손바닥만한 마당에 소복소복 쌓이는 눈을 보며 술잔을 기울였다. 맑은 날엔 가지런한 서까래를 다듬은 손길들을 떠올리다가 문득, 눈비가 오던 날을 추억하며 건배했고. 우리 부부만큼이나 우리 집을 좋아하는 녀석들이 있었다. 쥐들이었다.

동네에서 유일한 한옥인 우리 집이 녀석들에겐 제일 놀기 좋고, 숨기 좋고, 쉬기 좋은 곳이었다. 녀석들을 인터뷰한 건 아니고, 입장을 바꿔놓고 생각해보니 그랬다. 녀석들 사이에선 소문도 제법 난 것 같았다. 우리 집에 사는 놈들 말고도 꽤나 여러 놈들이 자주 찾아와서 실컷 놀다가는 걸로 봐서는.

우리 부부는 박애주의자다. 주의자까지는 아닐지 몰라도 박애하려고 애쓴다. 하지만 녀석들에게는 도무지 정이 가지 않았다. 사실 녀석들이 우리한테 무슨 몹쓸 짓을 한 건 아니었다. 페스트를 옮긴 적도 없고, 쌀독을 훔쳐간 적도 없었다. 심지어 TV채널을 제멋대로 돌린 적도 없었다. 기껏해야 갑자기 튀어나와서 사람을 놀래거나, 간혹 비누를 쏠아대는 게 전부였다.

　쥐를 유난히 미워하는 사람이 있다. 내 친구 J가 그렇다. J가 어렸을 때 일이다. 어느 날, 배가 아파 화장실에 갔던 J는 뜻밖의 장면을 목격했다. 쪼그려 앉는 수세식 변기에 쥐가 앉아 있었던 것이다. J는 소스라치게 놀라 황급히 물을 내렸다. 쥐는 물살에 쓸려갔지만 일을 볼 마음이 사라졌다. J는 방으로 가서 30분 동안 마음을 가라앉혔고 그러자 그 마음이 다시 일었다. J는 화장실에 다시 갔고, 관례대로 쪼그리고 앉았다. 그런데 이상했다. 뒷덜미에 서늘한 기운이 와 닿는 것이었다. 그 기운을 따라 고개를 돌리니 벽을 따라 가늘게 물이 흐르고 있었다. 바싹 긴장한 J의 시선이 물줄기를 따라 천천히 올라갔다. 이윽고 그 시선이 멈췄을 때, J는 공포에 질려 그대로 얼어붙었다. 물에 흠뻑 젖은 쥐가 창틀에 앉아 J를 노려보고 있었던 것이다.

　그때 이후 J는 쥐를 보면 경기를 일으킨다. 그건 이해할 수 있다. 그렇게 몹쓸 일을 겪으면 누구라도 그랬을 테니까. 하지만 내겐 J같은 트라우마가 없었다. 그러니까 나는 특별한 이유도 상처도 없이, 쥐의 그 낯짝을 보는 것만으로 화를 냈고, 얼굴이 달아오른 채로 발을 구르며 쉿쉿 소리쳤던 것이다.

　어느 날부턴가 이 녀석들이 오만방자해지기 시작했다. 컴퓨터 앞에 앉아 일을 하려고만 하면, 다다다다 천장을 달리며 신경을 긁어댔다. 처음엔 편도였다. 두고 봤다. 왕복으로 달렸다. 더 두고 봤다. 이 자식들, 계주까지 뛰는 기색이었다. 거기까지였으면 참고 넘겼다. 어느 궂은 날, 유난히 시끄러워서 가만히 귀를 기울였다.

다다다다다~~ 쿵, 혹은

다다다다다~~ 쿵~ 쿵~ 쿵, 또는

다다다다다~~~~~~~ 쿵

그것은 보나마나 높이뛰기, 세단뛰기, 그리고 멀리뛰기를 하는 소리였다. 나는 모욕감을 느끼고 불같이 화를 냈다. 이 자식들이 내 집 천장에서 허락도 없이 올림픽까지 열다니.

마침내 싸움이 시작됐다. 쥐들 말고, 아내하고. 그것은 성적 정체성 문제로까지 번진 처절한 전쟁이었다.

"너도 남자냐?"

"쥐를 잡아야 남자냐?"

싸움은 내가 야성을 증명해 보여야 하는 것으로 결론 났다. 나는 핏발 선 눈으로 빗자루를 집어 들었다.

하지만 피비린내 나는 전쟁은 그리 오래가지 않았다. 갑자기 녀석들이 자취를 감춰버렸던 것이다. 그걸 알아챈 건 어느 날 컴퓨터 앞에 앉았을 때였다. 천장에서 아무 소리도 들려오지 않았다. 기다렸다. 적막했다. 조금 더 기다렸다. 단거리 주자 하나 나서지 않았다. 신경이 쓰여 도저히 일을 할 수가 없었다. 빗자루로 천장을 두드리고 소리도 질러봤지만 고요하기만 했다. 무슨 일이 생긴 걸까? 녀석들의 안위가 걱정됐던 건 아니고 느닷없는 실종에 당황스러웠다.

얼마 후, 천장에서 다시 달리기가 시작됐다. 그럼 그렇지. 가슴을 쓸어내리고 빗자루를 찾아드는데 어쩐지 이상했다. 이전의 느낌과 너무 달랐다. 걸음이 무겁고 느렸다. 게다가 녀석들이 찍찍 울지 않고, 꺄옹 하고 울었다. 경험상 그건 대개 작은 고양이들이 내는 소리였다. 자리를 비운 며칠 동안 쥐들이 성대모사를 익힌 것이 아니라면. 천장을 뛰고 있는 건 새끼 고양이들이었다.

짚이는 데가 있었다. 그 무렵 어두운 골목을 지나다가 구석진 곳에서 쑥스러운 얼굴을 하곤 입술을 스윽 닦는 고양이와 몇 번이나 마주쳤었다. 골목에서 아기 울음소리가 그치지 않던 어느 밤을 지내고 얼마 후, 몇 녀석의 배가 불룩해졌다. 그중 한 녀석이 우리 집 천장에서 몸을 푼 모양이었다. 천장에 쥐도 아니고 고양이라니…

나는 천장의 역사를 떠올렸다. 우리 집이 처음 만들어진 60여 년 전에는 미생물이나 작은 벌레 몇 마리가 전부였겠지. 그것들이 점점 불어나던 어느 시점에 개미나 바퀴 따위의 상위 포식자들이 나타나지 않았을까? 천장에 쥐가 나타난 건 또 얼마간의 시간이 흐른 다음일 거야. 이제 쥐를 쫓아내고 꽤나 상위 포식자인 고양이가 천장을 점령했어. 자, 고양이까지는 괜찮다고 치자. 하지만 고양이 다음엔 뭐가 오는 거지? 피비린내 나는 역사에 소름이 돋았다.

며칠간의 관찰을 통해 나는 녀석들을 발본색원해야만 할 몇 가지 이유를 정리할 수 있었다. 천장에만 올라가면 고양이도 뛴다. 보폭은 더 크고 육중한 무게감까지 전해준다. 때론 운동회도 열며 심지어 울기까지 한다.

사실 녀석들이 우리한테 무슨 몹쓸 짓을 한 건 아니었다. 전염병을 옮긴 적도 없고, 생선을 훔쳐간 적도 없었다. 심지어 TV채널을 제멋대로 돌린 적도 없었다. 기껏해야 천장에서 뛰어다니며 소란을 피울 뿐이었다. 하지만 싫었다. 방해받고 싶지 않았다. 쥐든 고양이든 시끄러운 건 딱 질색이었다.

며칠 후 손님이 찾아왔다. 아내의 친구인 고양이 전문가였다. 전문가는 보무도 당당하게 새끼 고양이의 소굴인 컴퓨터 방, 천장 아래로 향했다. 그러고는 이내 깊은 잠에 빠져들었다. 내가 고양이에 대해 잘은 모르지만 그건 썩 전문가다운 행동으로는 보이질 않았다. 하지만 전문가와 동행한 아내도 함께 잠든 것으로 보아, 게다가 두 사람 모두 감 냄새를 풍기는 것으로 보아 뭔가 의미 있는 행동임에 틀림없었다.

다음 날 아침, 전문가는 미간에 몇 개의 세로주름을 만들어 보이며 한 마디를 던졌다.

"천장에 고양이가 있네?"

울음소리만 듣고도 대번에 고양이가 거기 있다는 걸 알아채다니, 과연 전문가는 전문가였다. 전문가는 어미 고양이가 새끼를 키울 안전장소로 우리 집 천장을 택한 것이라며 이렇게 조언했다.

"저렇게 울 때는 어미랑 떨어져 있는 거야. 고양이를 쫓고 싶다면 조용할 때, 그러니까 어미가 같이 있을 때, 천장을 두들겨. 어미가 위협을 느끼면 달아날 거야."

그 말을 끝으로 전문가는 표표히 떠나갔다. 그런데 그녀를 배웅하고 방으로 들어섰을 때, 날카로운 고양이 울음소리가 들렸다. 다 자란 고양이의 음성이었다. 뛰쳐나가 보니 처마 밑 2미터 높이의 장독대에 어미 고양이가 앉아 있었다.

과연 고양이 전문가인 그녀는 얼마나 전문적인 전문가인가? 내가 한 일이라곤 아무 것도 없었다. 그저 전문가의 조언을 들었을 뿐이다. 하지만 그녀가 떠난 지금, 어미 고양이가 불안을 느껴 부랴부랴 나타난 것이었다.

나는 어미 고양이를 향해 주먹을 쥐어 보이며 위협했다. 어미 고양이는 물끄러미 내려다보기만 했다. 그리 위협받는 기색이 아니었다.

"지금 뭐해?"

나는 아내의 시선을 느꼈고, 내 성적 정체성이 다시 위협받고 있다는 사실을 깨달았다. 나는 주먹감자를 최대한 크게 몇 번이나 먹이곤, 준엄하게 꾸짖었다. 그러자 어미 고양이는 다소 어이없는 듯한 표정을 짓더니 생각난 듯 턱밑을 뒷발로 긁어댔다. 내가 벌게진 얼굴로 '빗자루가 어디 있더라?' 휘 돌아보는데, 꺄 하는 아내의 탄성이 귓전을 스쳤다.

"저기 봐, 저기…"

아내가 가리킨 곳을 보니 처마 밑 거의 눈에 띄지 않는 틈 새로 뭔가가 빠져나오고 있었다. 하나, 둘… 모두 세 마리의 새끼 고양이였다.

세상에! 그건 뜻밖에도 너무나 예쁜 놈들이었다. 주먹만 한 몸피에 왕방울 같은 눈을 하곤, 샤프심 끄트머리 같은 이빨을 내보이며 꺄웅꺄웅 울어대는 그 자태라니… 한참이 나 넋을 놓고 보던 아내가 입을 열었다.

"근데 말이야, 천장에서 나는 소리… 방해가 많이 되나…?"

"전혀. 너무 조용하면 심심하지."

"그지? 너무 적막하면 일하는 데 방해돼."

"맞아, 맞아."

잠시 후, 아내가 냉장고를 살피며 말했다.

"우리, 우유 없어?"

나는 얼른 가게엘 다녀왔다. 우유를 주려고 다가가는데 아내가 소리를 죽여 말했다.

"있잖아. 어미가 위협을 느끼면, 달아난대. 조심해. 조심,
조심…"

9.

무한경쟁의 나라에서

그날 밤 저를 보셨다구요? 어디서요? 아⋯ 건너편에 계셨
군요. 그녀요? 그녀가 누구죠? 저와 다정히 동행하던 사람
이요? 아, 누군지 생각났습니다. 저는 모르는 사람입니다. 그
녀 또한 저를 모르리라 생각합니다만. 왜요? 왜⋯ 그런 눈으
로 보시는 거죠?

저는 정말 그녀를 모릅니다. 이름도 모르고 성도 모릅니
다. 어디 사는지도 모릅니다. 학생인지 직장인인지, 뭘 해서
먹고 사는 사람인지도 모릅니다. 얼굴이요? 모릅니다. 그녀
의 얼굴은 한 번도 못 봤습니다.

아, 그녀를 못 봤다는 말은 아닙니다. 분명히 봤습니다. 대

략 한 시간 동안 계속해서 봤죠. 줄곧 그녀를 쫓아갔으니까요. 네. 그랬습니다. 저는 그녀를 쫓아갔습니다. 그러니까 줄곧 그녀 뒤에 있었다는 말입니다. 인류는 대개 앞을 보고 걷습니다. 그리고 특별한 경우를 제외하고 인류의 얼굴은 앞에 있습니다. 그녀도 마찬가지였습니다. 그 한 시간 동안 제가 볼 수 있었던 건 좌우로 흔들리는 그녀의 말총머리뿐이었습니다.

정확히 말하자면 그녀의 얼굴을 볼 기회가 전혀 없었던 건 아닙니다. 그녀가 적어도 두 번은 돌아보았고, 그녀의 얼굴이 저를 향했으니까요. 예, 제 얼굴도 앞에 있습니다. 대개의 인류처럼요. 저는 분명히 그녀와 얼굴을 마주했습니다. 하지만 그때 그녀와 저는 상당히 떨어져 있었습니다. 게다가 꽤나 깊은 밤이었습니다. 그녀가 스물두 살인지 쉰두 살인지 알아볼 수 없는 상태였습니다.

네? 왜, 한밤에, 한 시간 동안이나, 그녀를 쫓아갔느냐구요? 그건… 음… 처음부터 말씀드리는 게 낫겠네요.

저는 체력 관리에 신경을 쓰는 편입니다. 그래서 규칙적으로 걷기운동을 하고 있습니다. 뉴스 시청으로 눈코 뜰 새 없이 바쁜 와중에도, 한 달에 걷기 2회는 채우려 애를 쓰고 있지요. 그 밤도 그래서 개천 길에 나간 것이었습니다.

아마 집을 나선 시각이 열시 반가량이었던 것 같습니다.

그맘때가 되면 사람들을 피하려 지그재그로 걷지 않아도 돼서, 저는 주로 그 시간을 이용합니다. 그날도 꽤 한산했습니다. 처음에 저는 제 페이스를 유지하며 여유 있게 걸었습니다. 지금은 기억나지 않는 어떤 생각에 한동안 빠져 있었던 것 같습니다. 그러던 어느 순간이었습니다. 그림자 하나가 휑 바람을 내며 제 오른쪽 어깨를 스치고 지나가는 것이었습니다. 찰나였지만 그 바람에 저는 생각의 꼬투리를 놓치고 말았습니다. 화가 나거나 짜증이 났던 건 아닙니다. 생각이야 제 마음대로 왔다가 가는 것이니까요. 저 앞으로 달려가는 그림자를 보자 문득 땀을 흘리고픈 생각이 들었습니다.

말씀드렸다시피 저는 체력 관리에 신경을 쓰는 편이거든요. 제가 막 시동을 걸었을 때, 저 앞 50미터 지점에서 찰랑거리는 말총머리가 눈에 들어왔습니다. 예, 바로 그녀였습니다. 저는 그녀를 목표 삼아 발을 재게 놀리기 시작했습니다.

저는 겉으로 드러나는 경쟁을 그리 좋아하지 않습니다. 승부를 가를 일이 생기면, 대개 한발 뒤로 물러납니다. 하지만 '남들은 모르고 저만 아는 경쟁'은 꽤나 즐기는 편입니다. 그 경쟁은 주로 개천 길에서 이뤄집니다. 예? 그게 어떤 경쟁이냐구요? 뭐 이런 식입니다.

아, 저 멀리 대략 20미터 지점에 75세 정도로 보이는 건강한 아주머니가 엄청난 속도로 전진하고 있구나. 힘에 부치겠지만 한 번 도전해보자. 그렇게 목표를 정하고 한 사람, 한 사람을 제끼면서 은밀한 기쁨을 느끼는 거죠.

　말총머리 그녀를 따라간 건 그래서였습니다. 저는 안간힘을 다했습니다. 하지만 대략 10여분 후 후회하지 않을 수 없었습니다. 그녀는 빨랐습니다. 정강이 근육이 뻐근해지고 간혹 헛걸음이 놓일 만큼 무리를 했는데도 그녀와의 거리는 좀체 줄어들지 않는 것이었습니다.

　그녀를 따라잡을 가능성은 갈수록 희미해졌습니다. 하지만 저는 포기하지 않았습니다. 아마도 5킬로미터 이상을 헉헉 숨을 몰아쉬며 그렇게 쫓았던 것 같습니다. 그런데 어느 순간, 저는 그녀를 놓치고 말았습니다. 딴생각을 하다가 고개를 들어 보니 저 앞에서 흔들리던 말총머리가 사라져버린 것이었습니다. 중간 출구로 나가버린 것 같았습니다. 한편으로는 허탈했고, 한편으로는 안도했습니다.

　하지만 그게 끝이 아니었습니다. 선생이 목격하셨다는 그 순간은 느닷없이 찾아왔습니다. 거긴 담장을 끼고 구부러진 길이 길게 이어져 있어서 전방 10미터 이상은 보이질 않는 구간이었습니다. 그 구부러진 길이 끝났을 때, 저는 흠칫 놀랐습니다. 말총머리의 그녀가 나타난 것이었습니다. 대략 20여 미터 앞이었습니다. 그녀는 꽤나 지쳤는지 타박타박 걷고 있었습니다. 저는 아직 속도를 잃지 않았으므로 그녀와 쑥쑥 가까워지고 있었습니다.

그 길은 좁았고, 양 옆이 이름 모를 풀들로 빽빽하게 장식되어 있었습니다. 그녀와 저 말고는 아무도 보이질 않았습니다. 그리고 고요했습니다. 만약 그녀가 걸음을 멈추고, 때마침 풀밭에 양이 몇 마리 나타난다면, 함께 별을 이야기하며 밤을 지새울 수도 있는 환경이었습니다. 개천가에 앉아 밤이 샐 때까지 가만히 앉아 있었을 수도 있겠지요. 하지만 별은 구름 속으로 들어갔고, 양도 나타나질 않았습니다.

저는 점점 그녀에게 다가갔고, 그녀의 후방 5미터까지 접근했을 때, 문득 불안을 느끼며 걸음을 늦추었습니다. 자칫하면 양치기가 아니라 양아치로 오인 받을 상황이라는 걸 깨달았던 것입니다. 남녀를 유별하게 만드는 시간이었으니까요. 그때 제가 취할 수 있는 행동은 세 가지였습니다. 그자리에 멈추거나, 걸음을 늦추거나, 조금 더 속도를 내서 그녀를 앞지르는 것이었죠. 그때 저는 세 번째 행동을 택했습니다. 그녀를 따라잡기 위해 여기까지 온 것이었고, 달아오른 몸이 식는 게 아쉬웠으니까요.

저는 속도를 최대한으로 끌어올렸습니다. 그리고 그녀와 어깨를 나란히 했을 때, 가볍게 목례를 해보였습니다. 이제 제가 치고 나갈 순서였습니다. 그런데 뜻밖의 상황이 벌어졌습니다. 그녀가 속도를 올린 것입니다. 놀라 반사적으로 보인 행동이었겠지요. 저도 놀랐습니다. 해서 반사적으로 속도를 더 올렸습니다. 저는 그녀가 금세 뒤처지리라 생각했습니다. 하지만 그녀는 역시 예사내기가 아니었습니다. 그녀가 다시 속도를 높였는데 다행히 제 속도를 넘지는 못했습니다. 그리하여 그녀와 저는 어깨를 나란히 하고 그 밤길을 쏜살같이 동행하게 되었던 것입니다.

그렇게 불편한 동행은 평생 처음이었습니다. 제 마음이 저를 꾸짖었습니다. 지금 무슨 짓을 하고 있는 거냐? 곁에 계신 분이 얼마나 불안하겠냐? 얼른 멈춰라! 라고요. 하지만 제 걸음은 멈춰지질 않았습니다. 이기고 싶어서는 아니었습니다. 제가 거기서 멈추면 음심을 품었다가 포기한 것처럼 여겨질까 두려웠던 것입니다.

그녀와 제가 그렇게 60-70미터를 나는 듯이 동행했을 때, 오른쪽 샛길에서 사건의 흐름과 전혀 무관한 3인의 아주머니들이 합류했습니다. 저는 안도했습니다. 이제 그녀가 불안을 떨쳐낼 상황이 온 것이었으니까요. 그녀가 안도하고 속도를 줄이지 않을까, 생각했지만 제 오산이었습니다. 몇 초 후, 저와 그녀가 나란히 세 여인을 지나쳤을 때 그녀에게서 예상 못한 소리가 새어나왔습니다.

"이익!"

분명히 그랬습니다. 이익! 누군가를 이기려고 혼신의 힘을 다할 때 저절로 나오는 것으로 정평이 난 바로 그 신음소리였습니다.

"이익!"

저도 같은 소리로 화답했습니다. 그녀는 빨랐지만 저도 못지않았습니다. 왼발 오른발, 왼발 오른발… 그녀와 제가 발까지 맞춰가며 대략 200여 미터를 그렇게 한 마음 한 뜻으로 경쟁에 몰두하고 있을 때, 저 앞 100미터 지점에 건너편으로 건너갈 수 있는 다리가 나타났습니다. 저는 재빨리 그 다리를 피니시 라인으로 정했습니다.

저는 젖 먹던 힘까지 끌어올렸고, 그녀 역시 마지막 힘을 다해 피치를 올렸습니다. 심장이 목구멍까지 밀려 올라와서, 먼지 하나라도 잘못 밟으면 그대로 나뒹굴며 심장을 토해버릴 것만 같았습니다. 이윽고 다리에 도착했고 저는 다리 쪽으로, 그녀는 직진을 택하면서 그녀와의 동행은 끝이 났습니다.

이것이 선생이 그 밤에 목격한, 제가 한밤에 낯선 여인과 다정히 동행하는 것으로 보였던 상황의 단 하나뿐인 진상입니다.

아, 최종승부요? 누가 이겼냐 이 말씀입니까?

부끄럽습니다만… 똑같은 속도였고, 발까지 맞춰 걸었지만, 마지막 순간에 제가 허리반동까지 써서 가슴을 최대한으로 내밀었습니다. 우사인 볼트를 제외한 나머지 육상선수들이 그러는 것처럼 말입니다. 그녀는 어떻게 생각할지 모르지만, 제 판단으로는 제가 이겼습니다.

10.

당신에게

　어젯밤에 영화를 보자고 제안한 사람이 당신이었던가, 나였던가? 잘 기억나질 않는다. 어쨌거나 우리는 영화를 보기로 했고 소파에 비스듬히 앉아 몇 편을 다운받았다. 왜 하필 그런 영화들이었을까? 그건 우연이었을까? 운명이었을까?

　첫 영화의 주인공이 틈만 나면 위스키를 먹어댔다. 나는 별 감흥이 없었다. 주인공이 술을 좋아하는 캐릭터로구나, 그렇게만 생각했다. 나는 술을 별로 좋아하지 않는다. 그건 나도 알고 당신도 안다. 술을 마시는 날이 안 마시는 날보다 현저히 많기는 하지만, 내가 당신에게 그때그때 설명했듯이 그건 피치 못할 사정들 때문이었으니까.

두 번째 영화에서도 주인공이 시시때때로 위스키를 마셨다. 영화가 절반쯤 진행됐을 때, 나는 아무 생각 없이, "자식, 거참 맛있게도 먹네"라고 중얼거렸다.

하필 그때 침이 소리 나게 넘어갔다.

정말이지 먹고 싶어서 그런 소리를 한 게 아니었으므로 나는 당신을 슬쩍 곁눈질하고는, "무슨 위스키를 저렇게 마셔대냐, 미친놈" 하고 중얼거리며 결코 위스키를 먹고 싶어서 한 말이 아님을 확인까지 해두었던 것이다. 그리고 계속해서 영화를 보는데 이번엔 주인공의 친구 녀석이 위스키를 들이켰다.

하필 아무 생각 없이 침을 삼키는 딱 그 순간에.

그 순간 당신이 나를 흘깃 쳐다보았는데, 어쩐지 오해받는 거 같아서 나는 굉장히 억울해졌다. 해서 나는 "있지, 내가 침을 삼킨 게 먼저거든" 하고 변명을 하고 싶어졌다. 하지만 아무리 생각해도 그건 너무 구차했다.

그래서 그냥 연속으로 침을 소리 나게 삼키는 것으로 대신했다. 당신은 모르고 있었지만 나는 원래 침을 이렇게 삼켜, 라고 이해해주기를 바라면서. 하지만 당신은 내 의도를 곡해했다.

"그러지 말고, 위스키 한 병 사다 먹지 그래?"

당신이 느닷없이 그렇게 말한 건 오해 때문이 아니라면 도저히 이해할 수 없는 일이었다.

나는 훨씬 더 억울해졌다.

그렇다고 변명하고 싶지는 않았다. 다만 당신이 혹시 자신의 호의가 무시당했다고 생각할까봐, 오해가 얼마나 관계를 해치는지 잘 알고 있기에, 피로에 지친 몸을 일으켜 먹고 싶지도 않은 위스키를 사러 음속으로 달려 나갔던 것이었다.

정말이지 먹고 싶은 생각이라곤 0.1도 없이 당신의 기분에 맞춰주겠다는 일념으로 병도 따지 않고, 병 주둥이에 입도 대지 않고 돌아왔는데, 당신은 피곤했던지 그새 잠들어 있었다. 조금 실망했지만 나는 이해하고 넘어갔다. 위스키를 구하기 위해 30분 넘게 거리를 헤맸으니, 내 잘못도 없다고는 할 수 없으니까.

나는 자칫 당신을 깨울까봐 조심스레 당신 곁으로 다가갔다. 보던 영화는 마저 끝내고 잠자리에 들 생각이었다. 그런데 리모컨을 찾다보니 테이블 위에 놓인 위스키가 무척이나 쓸쓸해 보였다. 당신이 잠든 적막한 집에 나와 쓸쓸한 위스키와 그렇게 단 둘이 마주하고 있자니 무척이나 어색했다. 나도 낯가림이 좀 있지만 위스키는 우리 집이 처음이니 오죽했으랴.

달이라도 있으면 눈이라도 돌리련만 하필 그믐밤이었다. 소파에서 잠든 당신 곁에서 위스키와 대화를 나눌 수는 없는 노릇이었다. 정말이지 단 한 순간도 원하지 않았으면서도 혼자서 병마개를 돌렸던 건 그래서였다. 첫 모금을 넘기자

목젖이 놀라 바르르 떨렸고, 위장이 불에 덴 듯 화끈거렸다.

정말이지 더러운 기분이었다.

당신도 알리라, 내가 그 기분을 얼마나 싫어하는지. 그래서 나는 거기서 멈추려고 했다. 정말이다. 내가 한 번도 펴보지 않은 500권의 책에 대고 맹세할 수도 있다. 하지만 그때 문득 저 독극물을 벌컥벌컥 들이켜는 주인공 녀석들의 심리 상태가 궁금해지는 것이었다.

그래서 두 번째 잔을 채웠던 것인데, 차라리 모르고 지나갔으면 좋았을 것을… 노르께한 마지막 방울이 시야에서 사라지는 순간, 그들을 이해할 수 있는 단초 같은 것이 아슴푸레 떠오르는 것이었다. 하는 수 없이 나는 다시 술을 따를 수밖에 없었고, 다행인지 불행인지, 그러는 동안 내 머리를 무겁게 만들었던 것이 뭔지 구체적으로 깨달을 수 있었다.

그래, 그렇다! 세상에 술을 먹고 싶어서 먹는 사람이 어디 있을까? 저들도 나만큼이나 술을 싫어한다. 결코 원해서 저러는 게 아니다. 술이고 뭐고 다 떠나서 하고 싶은 것만 하고 살 수 있는 세상이 아니지 않은가.

나는 그들이 그리고 내가 한없이 가여워졌고, 연대의 의미로 원샷을 날렸다.

나는 거기서 뚜껑을 닫으려고 했다. 이건 진짜 정말이다. 그런데 그 순간, 그게 3잔의 뒤끝이라는 점이 맘에 걸렸다. 하고 많은 숫자 다 놔두고 하필 3이라니. 전통이라든지, 질서라든지, 그런저런 케케묵은 것에 얽매인 무의식적 자아가 저지른 틀에 박힌 행위가 아니고 뭔가? 삼진 아웃이 그렇고, 삼세판이 그렇고, 전자인간 337이 그렇다. 그것들이 의미하는 바가 뭔가? 왜 3 뒤엔 모든 것이 끝나야 하는가 이말이다. 살짝 오기가 생겼으므로 네 번째와 다섯 번째 잔이 거푸 비워졌다.

그러자 인간의 탐욕이 빚어낸 세계의 온갖 모순들이 머리를 어지럽히기 시작했다.

나는 슬픔에 젖어 술이라기보다는 위로의 묘약으로 몇 잔을 더 비웠다. 불현듯 애써 잠재워두었던 정의감이, 역사의식이, 은하철도 999가 깨어났다. 그리고 그들은 둥그렇게 둘러앉아 각자의 입장에서 세계의 앞날을 걱정하기 시작했다.

그들은 진지하고 과격했다. 내가 충분히 주의를 주었지만, 주장이 점점 거칠어졌고 목소리는 높아졌다. 당신이, "뭐해? 얼른 자"라고 중얼거리며 돌아누운 건 정의감과 역사의식이 한창 핏대를 올리던 와중이었다. 당신을 깨워 이야기에 동참시키고 싶었지만, 하필 그때 은하철도 999의 메텔이 내 어깨에 머리를 기댔다. 그리고 또 얼마나 지났을까.

정말이지 놀라운 일이 벌어졌다.

그때까지 묵묵히 자리를 지키던 위스키가 자리를 박차고 일어나, 주저하는 나를 밀치고는 스스로 글라스에 몸을 비웠던 것이다. 나는 그 직후에 까무룩 정신을 놓았는데 내가 정신을 차렸을 땐 이미 모든 것이 끝난 뒤였다.

　어떻게 위스키 병이 그새 비어 있을 수 있는지를 묻는 당신에게 들려줄 수 있는 이야기는 이게 전부다. 꼼꼼히 읽었다면 당신도 수긍하지 않을 수 없으리라 생각하는데, 정말이지 처음부터 끝까지 내가 먹고 싶어서 먹은 게 아니다. 이건 정말이다.

11.

운
명

　자신의 운명을 언제 알게 될까? 그게 나타나자마자, '너는 내 운명!' 하며 끌어안는 사람도 있겠지만 대개는 돌아보고 나서야 깨닫는 것 같다. 짝을 만날 때도 그렇지만 일을 만날 때도 그렇다. 본인의 뜻과 상관없는 길을 가는 이들을 꽤 많이 봤다. 별 생각 없이, 우연히, 임시로, 잠깐 발을 디뎠다가 그걸 평생의 업으로 살아가는 사람들 말이다. 나도 크게 보면 그런 경우에 속하는 것 같다.

　나는 문학청년이 아니었다. 학창시절엔 글을 써 본 적이 없다. 엄마 따라 오일장이나 칠일장은 가끔 갔지만, 백일장엔 나가본 적도 없다. 내가 글로 평가를 받아본 최초의 경험은 연애편지라는 걸 썼을 때다. 편지를 받은 여자 친구는 놀란 얼굴로 이렇게 말했다.

"이게 진짜 대학생이 쓴 글이라고? 와우~."

그때 나는 절필을 선언했다. 글을 써본 적도 없으면서 절필을 선언한 건 아무리 생각해도 내가 동양 최초이지 싶다.

대학을 졸업하고 한동안 놀았다. 마냥 놀기만 하자니 힘들었다. 그래서 한동안 쉬었다. 그리고 그 시기가 지나가니 또 놀고 싶어졌다. 그 무렵이 되자 나는 괜찮은데 주변 사람들이 걱정을 하기 시작했다. 저놈 저렇게 놀다가 평생 노는데….

물론 절필 선언과는 무관했다. 준비가 안 돼 있었다. 딱히 되고 싶은 것도, 하고 싶은 일도 없었다. 무기력했고 무책임했고 무엇보다 이력서에 붙일 증명사진이 없었다. 대개 졸업 앨범에 올릴 사진을 찍고 그걸 이런저런 용도로 활용하는데, 나는 일찌감치 교무처에 가서 앨범비를 찾아 술을 먹어 버렸다. 닭이 없는 걸 아는데 알은 낳아서 뭐하게? 그런 심정으로 증명사진을 안 찍었다.

그렇게 놀다 쉬다를 반복하는데 선배로부터 연락이 왔다.

"모 월간지에서 기자를 뽑는데 지원해 봐라."

될지 안 될지는 모르는 거고, 면접이나 보라는 거였다. 허드렛일이라면 또 몰라, 쓴 적도 없이 절필한 놈한테 기자라니? 농담이려니 생각했는데 선배는 의외로 진지했다. 딱히 거절할 명분이 없어서 그러마고 했고, 며칠 후에 이름도 들어보지 못한 잡지사로 찾아갔다. 면접날이라고 해서 긴장한 얼굴들을 만나리라 생각했는데, 뜻밖에도 지원자는 나 하나였다. 사무실로 들어가자 편집장이 반갑게 맞아주었다. 악수를 나누면서 편집장이 말했다.

"인상이 좋으네. 반가워요, 같이 일해 봅시다."

탈락할 자신감이 충만했었는데 단숨에 맥이 탁 풀렸다. 무슨 이런 면접이 다 있담? 연기자나 얼굴마담이 아니라 기자를 뽑는 거라며? 인상이 채용의 유일한 기준이라니 이게 말이 돼?

"사실은 제가 무슨 잡지인지도 잘 모르고 왔는데요…"

내가 솔직히 털어놓자, 편집장이 나를 빈 책상으로 안내했다. 그 위에 10여 권의 과월호를 올려놓으면서 편집장이 말했다.

"오늘부터 여기가 최 기자 자리야. 죽 훑어 봐. 보면 알 거야."

백수 생활이 이렇게 마감되는 건가? 아쉬웠던 건 아니고 어쩐지 허무했다. 10분 정도 잡지를 살피고 있는데, 편집장이 불렀다. 편집회의에 들어오라는 거였다. 뭐? 이봐, 이봐. 나는 아직 이게 무슨 잡지인지도 모른다고. 나는 그런 뜻을 담아 잡지를 들어보였지만 편집장은 쳐다보지도 않았다. 대여섯 명의 기자들이 격론을 벌였고, 끝날 즈음이 되자 꿰다

놓은 보릿자루한테도 제법 큰 꼭지가 맡겨졌다.

그리고 점심시간. 주로 여성인 선배기자들이 조촐한 환영
연을 열어줬다. 선배들한테 밥을 얻어먹고나자, 기자로서의
사명감이랄지 소명의식이랄지 뭐 그런 마음이 마구 솟아났
다. 아, 그렇구나, 오늘부터 나는 기자로구나. 그때 그 생각이
들었다. 이런 게 운명이라는 건가?

"사장은 만나 봤어요?"

식사를 마치고 사무실로 돌아가는데 내 또래로 보이는
선배가 물었다. 사장? 나는 그녀의 말을 듣기 전까지는 편집
장이 잡지사의 우두머리인 줄 알았다. 사장이라는 자리가
있다는 건 생각도 안 해봤다. 어쨌거나 사장님은 아직 못 뵈
었다고 하니 선배가 속삭였다.

"그럼 조금 이따 보겠네. 별로 좋은 인간 아니고… 완전 꼰
대. 그냥 네네, 알겠습니다 그거만 해요. 남의 말 듣는 건 별
로 안 좋아하니까."

그로부터 한 시간쯤 지났을까? 사장으로 보이는 중년남
자가 들어와서는 휭 바람소리를 내며 예상대로 사장실로
들어갔다. 편집장이 내 넥타이를 바로 잡아주며 말했다.

"조금 이따가 사장님 면접 들어갈 거야. 그냥 요식절차니
까 긴장할 건 없고. 질문 같은 거 하지 말고, 무조건 잘 할
수 있다 그러고… 그냥 네네, 알겠습니다 뭐 그렇게만. 과묵

한 직원을 좋아하시니까."

그때 처음으로 긴장한 것 같다. 나는 예상 질문들과 모범답안들을 떠올리며 시간을 보냈다.

"예, 기자는 필생의 꿈입니다. 그럼요, 본 잡지는 창간호부터 빠짐없이 구독하고 있습니다. 제가 이 아름다운 잡지에 함께하게 되어 얼마나 영광인지 모르겠습니다."

시간이 꽤 지나도록 사장은 나를 부르지 않았다. 시간이 지체되자 슬슬 긴장이 풀렸다. 나는 잡지에 어울리는 기사들도 생각해보고, 잡지의 새로운 편집 방향에 대해서 고민도 하면서, 기자이자 신입직원으로서의 신분에 젖어들었다.

두 시간쯤 지났을 때, 사장실 문이 열리더니 예상대로 사장이 나왔다. 그리고는 휭 하니 나가버렸다. 뜻밖의 행위여서 나도 저 구석에 있는 편집장한테 휭 하니 가서 물었다.

"면접은 언제죠?"

그 평범한 질문에 편집장은 꽤 난처한 기색을 보였다. 그리고 잠시 뜸을 들이더니 이렇게 말했다.

"아, 내가 말을 안 했나? 이거 어쩌지? 사장님이 다른 유능한 친구를 뽑아 놨다네…."

반나절짜리 기자생활은 그렇게 끝이 났다. 대한민국 언론계의 미래를 위해서는 바람직한 결론이었을지도 모르겠다. 하지만 사무실을 나서는 내 걸음이 썩 가벼울 수는 없었다.

취직했다는 소식을 전화로 알린 터여서, 그냥 집에 가기가 뭐했다. 주머니를 뒤져보니 소주 한두 병쯤 마실 돈이 손에 잡혔다. 마침 국밥집 앞이었다. 그 너머로 소주 한 병쯤은 더 마실 수 있을 것 같은 허름한 식당이 보였다. 하지만 어쩐지 국밥이 끌려서 국밥집으로 들어갔다. 거기에 내 다른 운명이 기다리고 있다는 걸 그때까지는 까맣게 모르는 채로.

아직 이른 시각이어서 한산했는데, 하필 자리를 잡고 보니 TV 앞이었다. 나는 혼밥도 혼술도 TV도 좋아하지 않는다. 그런데 그날은 그걸 한꺼번에 하고 있었다. 사실 TV가 눈에 들어왔던 건 아니었다. 그때 나는 잡지사 문을 열고 들어갔을 때와는 조금 다른 인간이 되어 있었다. 내 인생의 향방에 대해 처음으로 진지하게 고민하고 있었으니까.

술도 밥도 반쯤 비워냈을 때, 문득 TV에서 떠들어대는 소리가 귀에 들어왔다. 눈을 들어 보니 화면에 모 방송사의 로고가 흘렀고, 가만 지켜보니 코미디 작가를 공채한다는 광고였다. 원고 마감이 바로 다음 날이었다.

그 길로 컴퓨터가 있는 선배 집으로 쳐들어가서 무작정 자판을 두들겨댔다. 내 머리와 손이 그렇게 움직인 건 아니고, 허탈이 분노가 그리고 그제야 생겨난 절박함이 그렇게 한 것 같다. 다음 날 아침이 되자 제법 두툼한 원고뭉치가 내 앞에 놓였다. 마감은 그날 오후였다. 아직 시간이 꽤 남아 있었다. 내가 뭘 쓴 건가? 밤새 바보짓을 한 건 아닌가? 떨리는 손으로 원고를 들춰봤다. 그럭저럭 봐줄 만했다. 솔직히 몇몇 대목에선 혼자 킥킥거렸다. 전날 점심시간 이후 처음으로 긍정적인 인간이 됐다. 이걸 안 뽑으면 대한민국 코미디의 미래는 암울한 거네. 그때 또 그 생각이 들었다. 이게 바로 내 운명이구나.

그로부터 며칠 후, 결과발표 예정일을 열흘 쯤 앞둔 어느 날. 전화벨이 울리기에 받았더니 낯선 목소리가 들려왔다. 그는 방송사 피디라고 자신을 소개했다. 심장이 두근거렸다. 두근거리지 않으면 큰일 나는 거지만 평소보다 박동이 훨씬 컸다. 그런데 이어지는 말이 다소 엉뚱했다. 내가 원고를 보낸 곳은 예능국인데 자신은 교양국 소속이라는 것이었다. 여차저차해서 내가 제출한 원고를 봤는데, 자신이 기획하고 있는 프로그램에서 같이 일해 보면 어떠냐는 것이었다. 나는 그 즉시 콜을 했고, 글과 관련한 내 경력은 그렇게 시작됐다.

가끔 생각해본다. 만약 그때 선배가 연락을 하지 않았다면, 내가 잡지사에 찾아가지 않았다면, 잡지사에서 그런 대접을 받지 않았다면, 그래서 절박한 심정으로 식당을 찾아가지 않았다면, 하필 TV앞에 앉지 않았다면… 무엇보다 내가 그렇게 절필을 하고 흥청망청 놀고 있지 않았다면, 글과는 전혀 무관한 일을 하면서 살지 않았을까? 돌아보면 운명이란 거 참 재밌다.

Ⅲ

렛미인

1.

넘
버
쓰
리

군 입대를 며칠 앞둔 어느 날이었다. 꽤 늦게까지 마셨고 이제 파할 참인데, 새로운 술자리가 생겼다. 상대는 옆 테이블에 있던 단과대 학생회장인 P형이었다. 서로 얼굴만 익힌 사이였는데 어쩌다 독대를 하게 됐는지 모르겠다. 아마 '딱 한 잔만 더'의 미련 때문이었겠지. 어쨌거나 P형과 조금 더 마시게 됐고, 그러다가 막차를 놓쳤고, 맥주 몇 병을 사들고 P형의 자취방까지 따라갔다. 거기까지는 필연적인 수순이었다.

P형은 음악을 좋아했다. 원래 록밴드를 했는데 세상의 질곡과 부조리에 비분강개해서 뒤늦게 학생운동에 뛰어든 사

람이었다. 서너 평쯤 되는 P형의 방에는 카세트테이프가 엄청나게 쌓여 있었다. 이게 다 뭐냐고 물으니 라디오를 듣다가 좋은 음악이 나오면 녹음해 둔 것들이라고 했다. 그렇게 P형이 손수 편집한 카세트테이프가 1500여 개였다.

P형의 음악 얘기를 들으며 한동안 맥주를 홀짝거렸다. 그러다 새벽녘에 까무룩 잠들었는데 문밖에서 인기척이 들려왔다. 숨소리로 대화하는 남자들 목소리였다.

"어느 방이야?"

"이 방입니다. 확인해뒀습니다."

"거기 잘 지켜."

무슨 일인지 판단할 겨를도 없이 문이 벌컥 열렸고, 두어 명의 남자가 구둣발로 들이닥쳤다. 곰(사복형사들의 애칭)들이었다. 곰 하나가 P형의 이름을 불렀고, 화들짝 놀란 P형을 덮쳤다.

잠이 덜 깬 와중에도 나는 이게 웬 곰이지…?, 하고 숨을 죽이며 죽은 척을 하고 있었다. 교과서에서 배운 곰 대처법이었다. 그런데 곰도 죽은 척하는 인간 대처법을 배운 모양이었다. P형을 끌고 나가던 곰이 나를 발로 툭 차며 말했다.

"이 새끼, 끝까지 자는 척하네."

내가 P형의 깍두기로 끌려간 곳은 서대문경찰서였다. 형사들은 대공과 소속이었다. 나는 P형과 분리되어 조사를 받았는데, 별거 아닌 놈임이 금세 밝혀졌다. 그러면 사과는 못할망정 얼른 보내주는 것이 정상 아닌가? 하지만 그들은 그럴 생각이 없었다. 시민의 권리라든지, 인권이라든지 하는 것들은 저들의 안중에 없었다. 나를 조사실 한쪽에 방치하곤 지들 사무에 바빴다. 나로선 그렇게 뻘쭘할 수가 없었다.

경찰서로 끌려온 건 P형과 나만이 아니었다. 두어 명이 이미 끌려와 있었고, 몇몇 학생회 간부들은 긴급 수배 중이었다. 수십 명의 형사들이 학생회 간부들의 거주지를 일제히 급습했다. 그리고 형사들 중 일부는 학교 주변에서 매복하고 있었다. 그 고급 정보들을 어떻게 알았냐면, 나를 한쪽에 앉혀 놓고는 대놓고 그렇게 쑥덕거렸다. 누구누구는 반드시 잡아야 하고, 누가 집에 없으면 어디를 쳐야 하고, 어떻게 엮어야 하고 등등.

"이봐, 이봐. 나 여기 있어. 말들 좀 조심하는 게 어때?"

라고 말해주고 싶은 심정이었다. 하지만 나를 주목하는 형사는 아무도 없었다.

얼마간의 시간이 흐르자 작전에 나섰던 형사들이 돌아왔다. P형처럼 착하게 귀가한 사람들 몇몇이 연행됐고, 외박한 불효자 몇몇은 형사들의 손길을 피할 수 있었다.

나는 갈수록 더 뻘쭘해졌다. 연행돼 온 사람들 중 두어 명은 안면이 있었는데, 다들 하나 같이 '근데 쟤가 왜…?' 하는 눈으로 나를 힐끔거렸다. 허탕치고 온 형사들은 돌아가며 나를 찝쩍댔다.

"근데, 이 새긴 뭐야?"

"아, 이 새끼 말입니까? P의 방에서 같이 디비져 자고 있더라고요."

"그래? 이 새끼 뭐지?"

그러면서 꼭 내 얼굴에 자기 얼굴을 들이댔다. 그러고는 몇 초쯤 살피다가, 별 거 아닌 놈이네, 하는 눈으로들 돌아섰다. 좋은 노래도 한두 번이라는데, 그런 꼴을 새로운 형사들이 나타날 때마다 당하자니, 갈수록 욱했다.

20세기 말에 개봉했던 영화 〈넘버 쓰리〉에 그런 에피소드가 있다. 송강호가 새롭게 만든 소수정예 신흥조직인 불사파가 별일 못하고 경찰에 붙잡힌다. 경찰은 그들이 너무 하찮아서 상대를 안 해준다. 그러자 불사파 조직원이 경찰에게 사정한다.

"우리를 조직으로 인정해 주십시오."

나도 차라리 그런 심정이었다.

한 시간쯤 지났을 때, 형사 하나가 긴 복도 끝에 있는 작은 방으로 나를 데려갔다. 테이블과 의자 두 개가 놓여 있는 전형적인 취조실이었다. 그 방에 들어가자마자 전형적으로 쫄렸다. 나를 엮으려고 하는구나! 마음만 먹으면 얼마든지 그럴 수 있을 거였다. 그런 세상이었고, 그런 인간들이었다.

"앉아."

형사가 카랑카랑한 소리로 명령했다. 자리에 앉자 머릿속이 복잡해졌다. 취조가 시작되면 뭐라고 말한단 말인가? 말할 것도 가릴 것도 없는 한심한 처지가 아니던가? 이윽고 형사가 날카로운 눈으로 나를 노려보며 매섭게 말했다.

"여기 꼼짝 말고 가만있어."

그 말을 끝으로 형사는 방에서 나갔다. 그가 다시 올 때까지 나는 꽤 오랫동안 홀로 그곳에 남아 있었다. 몹시 두근거리는 시간이었다. 왜 나를 그곳에 가둔 것일까? 밖에서 무슨 일이 벌어지는 것일까? 진상을 알고 나서 나는 몹시 허탈해졌다. 거치적거리는데 어디 둘 데가 없어서 비어 있는 취조실에 그냥 방치한 것이었다.

결국 나는 별일 없이 훈방됐다. 피곤하고 참담해서 그냥 집으로 가고 싶었지만, 학생회에 내가 겪은 상황을 전해야 할 의무감이 들었다.

내가 겪은 바로 그 사건으로, 학교는 꽤나 술렁이고 있었다. 도서관이며 학생회관 등에 속보 형태의 대자보들이 나붙었고, 그 앞에 꽤 많은 학생들이 격앙된 얼굴로 모여 있었다. 그들을 스쳐 지나다가 그날 종일 들었던 말과 유사한 어떤 소리를 들었던 것 같았다. 하지만 확인할 겨를이 없었다.

선후배나 동료들은 내가 연행됐던 건 모를 거라고 생각했다. 그들에게 이 이야기를 어떻게 전해야 할까? 무엇보다 나를 어떻게 포장해야 할까? 학교 제일 끝에 있는 단과대 건물로 종종걸음질을 치는 내내 머릿속이 몹시 분주했다.

단과대 건물로 들어서는데, 두어 명의 학생들이 시시덕대는 소리가 들려왔다. 곰들에게 들었던 것과 유사한 말이었다. 나는 불길한 예감에 사로잡힌 채 조심스레 걸음을 옮겼다.

로비로 들어서자 중앙 기둥에 붙어 있는 하얀 전지가 내 눈길을 사로잡았다. 도서관과 학생 회관에서 흘깃 본 것과 같은 내용의 대자보였다. 간밤에 학생회 간부들이 불법 연행됐다는 짤막한 소식에 덧붙여 연행된 학생들의 이름들이 적혀 있었다.

뜻밖에도 내 이름이 거기 끼어 있었다. 양식은 조금 달랐다. 다른 사람들 이름 옆에는 괄호로 학과와 학년이 적혀 있었는데, 내 이름 옆의 괄호에는 다소 긴 설명이 붙어 있었다.

최우근(학생회장 P와 함께 자다가 같이 달림)

아아, 온몸에 전율이 일면서 정수리를 통해 뭔가가 쑥 빠져나가는 것 같았다. 매직으로 작성된 그 시각정보가 음성정보로 변환되어 머릿속에서 울려 퍼졌다.

자다가 같이 달림

자다가 같이 달림

자다가 같이 달림…

정신을 차리고 보니, 나도 모르게 '자다가 같이 달림'을 찢어내고 있었다. 그러고 나니 더 이상한 것 같아서 조금 더 찢어냈다.

아, 이 암울한 조국의 현실…

그 자리에 더 있다가는 눈물이 터져 나올 것만 같아서 나는 방향도 정하지 않고 냅다 달리기 시작했다.

2.

오
즈
의

마
법
사

나는 대학 시절에 연극 동아리에서 주로 배우로 활동했
다. 그때는 공연준비 중이었다. 동명의 이야기를 각색한 〈오
즈의 마법사〉라는 집체극 형식의 대규모 거리 공연이었다.
각각 학생·농민·빈민·노동자 등을 상징하는 도로시와 허
수아비, 양철, 사자가 세상을 억압하고 질곡에 빠뜨린 원인
을 찾아 여행을 떠난다. 그들이 여기저기를 헤매며 묻고 캐
던 끝에 악의 근원인 오즈와 맞닥뜨린다. 그런 내용이었다.
참고로 나는 허수아비 역을 맡았다.

공연을 얼마 앞두고 MT를 가게 됐다. 다른 이들은 오후

에 출발했는데, 나는 긴한 약속이 있어서 따로 가기로 했다. 약속을 마치고 불광동 시외버스터미널에서 출발했을 땐, 이미 한밤이었다. 다소 취기가 오른 상태였다.

목적지 주변 정류장에 내리자 무척 당황스러웠다. 너무 캄캄해서 아무 것도 안 보였다. 머리도 빙빙 도는 것이 회오리를 타고 오즈의 나라에 떨어진 것 같았다. 그래도 도로시보다는 형편이 나았다. 어떻게 찾아가면 되는지 미리 세세하게 설명을 들었으니까.

뭐 이런 식이었다. 버스에서 내려 첫 번째 길은 버리고 두 번째 길을 따라 직진하다가, 뒷바퀴가 돌고 있는 자전거를 지나, 조는 개를 끼고 좌회전, 거기서 이정표를 확인하고… 하지만 첫 길도, 둘째 길도, 조는 개도 안 보였다. 조는 개가 없으니 이정표도 없었다. 그땐 스마트폰이 없던 시절이었다. 스마트폰이 없다는 건 내비게이션이 없다는 뜻이고 랜턴도 없다는 뜻이다.

가물가물한 기억을 따라 걸었다. 한참을 걸었다. 지구는 둥근데 자꾸 걸어 나가니까, 아닌 게 아니라 온 세상 어린이들을 다 만날 것 같았다. 하지만 이정표는 나오질 않았다. 이정표가 없으니 MT 장소인 〈청록산장〉도 나오질 않았다.

돌아섰다. 헷갈릴 수 있어서 출발점으로 돌아가서 다시 시작하기로 했다. 아주 한참을 걸었다. 온 세상 어린이들을 다 만나고, 같은 아이들을 또 만날 만큼 걸었다. 걸으면서 생각했다. 올 때는 시멘트 길이었는데, 여긴 왜… 논두렁이지?

돌아섰다. 헷갈릴 수 있어서 여기로 올 때의 출발점으로 돌아가서 다시 시작하기로 했다. 얼마나 걸었을까? 가방을 멘 어깨가 뻐근해질 무렵, 저 앞에 두 개의 불빛이 나타났다. 가만 보니 다가오고 있었다. 봉고차였다. 세상에, 사람이 그렇게 반가울 수가 없었다.

사실 그때는 몰랐다. 시골과 도시의 차이를. 나중에 시골 경찰을 취재할 일이 있었는데, 그때 알게 되었다. 무슨 사건인지는 기억나지 않는데 하여튼 경찰이 한밤에 범인을 잡았다. 그 경찰한테 어떻게 잡았느냐고 묻자, 거동이 수상해서 잡았다고 했다. 수상한 걸 어찌 알았냐고 물으니, 척보면 안다고 대답했다. 답답해서 뛰쳐나가고 싶었다. 하지만 마음을 가라앉히고 도대체 뭐가 그렇게 수상하더냐고 다시 물었다.

"시골 사람들은 말여, 밤에는 안 나가 다녀. 그냥 자. 밤에 돌아다니면 수상한거."

도시에서 나고 자란 놈이 그걸 어찌 알았으랴.

나는 불빛을 향해 펄쩍 뛰며 손을 흔들었다. 봉고차가 내 곁에 멈췄다. 나는 창문을 내리고 내다보는 운전자에게 정중하게 청록산장 가는 길을 물었다. 운전자가 상냥하게 대답했다.

"거길 가는데 왜 일루 와?"

그러고는 가는 길을 자세히 알려주었다. 오즈 나라 사람들한테는 익숙한 장소인 것 같았다. 나는 예의 바르게 인사를 하고 걷기 시작했다. 그런데 봉고차가 다시 곁으로 다가왔다. 운전자가 물었다.

"대학생이야?"

"네."

"가방 줘 봐."

봉고차 실내등이 켜졌다. 그제야 차 옆구리에 쓰여 있는 글자들이 보였다. 순찰 중인 형사기동대 차량이었다. 거절해야지, 생각하며 차안을 흘깃 봤다. 운전자도 그 옆의 남자도 그 뒤에 앉은 남자도 인상이 별로였다. 그 순간 알게 됐는데, 나는 한밤의 시골길에서 사나운 인상의 남자들과 실랑이하는 걸 좋아하지 않는다. 그래서 가방을 순순히 넘겼다.

가방 안에는 별 게 없었다. 책 두어 권과 복사지 뭉치 서너 개가 전부였다. 공연 준비 중인 〈오즈의 마법사〉 관련 자료집과 학회실에 돌아다니던 유인물들이었다. 나중에 읽어보려고 가방에 넣었는데, 짬이 안 나서 들고만 다니던 것들이었다. 거기엔 미 제국주의의 본질, 매판자본, 파쇼, 군부독재… 뭐 그런 식의 학문적이고 고상한 단어들이 실려 있었다.

차 안 남자들의 인상이 더 험해졌다. 다들 고상한 걸 싫어하는 것 같았다. 운전자가 날더러 차에 타라고 말했다. 봉고차 머리가 청록산장과는 반대였다. 이제 겨우 길을 잡았는데 다시 멀어지고 싶지는 않았으므로 나는 고상하게 거절했다.

"고맙습니다만, 이제는 혼자서 찾아갈 수 있을 것 같은데요."

그러자 운전자의 눈자위가 파래졌다. 나는 진짜, 한밤 시골길에서 사나운 인상의 남자들과 실랑이하는 게 싫었다.

봉고차가 멈춘 곳은 인근의 파출소였다. 운전자가 나를 파출소 저 안쪽 소파에 앉히더니 복사물을 뒤적거리며 본서로 전화를 걸었다.

"뭔가 이상한 소리가 잔뜩 쓰여 있는데, 아무래도 빨갱이 새끼를 잡은 거 같애."

뭐? 빨갱이? 이 인간이 돌았나? 누구더러 빨갱이래? 빨갱이가 뭔지 가르쳐줄까? 나는 발끈해서 소리쳤다. 물론 속으로만. 봉고차의 남자들과 파출소의 직원들이 날 조용히 에워싸고 있는데 그 평화를 깨고 싶지는 않았다. 그때 나는 비교적 평화주의자였으니까.

얼마간의 시간이 흐르자, 본서에서 대공과 소속 형사들이 달려왔다. 그중에 제일 마른 형사가 내 곁에 바싹 다가왔다. 그리고 느닷없이 권총을 뽑아들었다.

"빨갱이 새끼들은 다 쏴 죽여야 돼."

마른 형사가 내 관자놀이에 총구를 갖다 댔다. 놀랄 만큼 차가워서 오줌을 쌀 뻔했다. 내 얼굴이 꽤나 볼만했던 모양이었다. 마른 형사가 나를 손가락질하며 케케케 웃었다.

"이 새끼 좀 봐, 이 새끼. 이 새끼 쌌네, 쌌어."

나머지 형사들이 와르르 웃었다. 나도 따라 웃었다. 비교적 고참인 듯한 형사가 유인물을 후루룩 살피고는 말했다.

"너 뭐하는 놈이야?"

"학생인데요."

"학생 놈이 왜 이런 걸 가지고 다녀?"

"학생들 다 이런 거 가지고 다니는데요."

"이 새끼가!"

마른 형사가 다시 권총을 뽑아들었다. 처음보다 더 놀랐다. 젠장, 기저귀라도 차고 다닐걸. 그래도 나는 침착하게 대응했다. 거짓말이 아니라는 걸 보여주기 위해서 눈을 두세 번 끔뻑거리고는 말했다.

"진짭니다. 학생들 다 가지고 다닙니다."

고참 형사가 잠시 내 눈을 노려보다가 물었다.

"그래서 이거 어디서 났는데?"

"…학교 화장실에서요. 화장실 입구에 쌓여 있었습니다."

갑자기 뒤통수로 주먹이 날아들었다. 별이 번쩍하기는 했지만 별로 아프지는 않았다. 다만 조금 어지러웠고, 오심이 났고, 졸렸다. 뭐 술을 제법 먹었으니까. 나는 다시 눈을 두세 번 끔뻑거리고는 말했다.

"지금도 우리 학교 화장실에 가면 있을 겁니다. 진짭니다. 안 믿기면 한번 가보세요."

진짜로 가자 그러면 어쩌나, 쫄렸지만 그럴 리는 없을 것 같았다. 고참 형사가 유인물을 둘둘 말아 내 머리를 탁 때리고는 자리에서 일어섰다.

"가자."

가슴이 철렁 내려앉았다. 미친 놈, 소리가 혀끝에 걸렸다. 나한테 하는 소리이기도 했고 형사들한테 하는 소리이기도 했다.

"하, 학교는 여기서 어, 엄청 먼데요…"

내가 다리에 힘을 잔뜩 주고 엉덩이를 빼면서 더듬거리자 뒤통수에서 뻑 소리가 들렸다. 누가 또 건드린 모양이었다. 누군지 확인할 새도 없이 고참 형사가 벌건 얼굴로 뻑 소리쳤다.

"엠티장이 어디야!

헉! 핏줄 몇 개에 걸려 달랑거리던 심장이 뚝 떨어졌다. 오즈의 마법사에서 심장이 없는 게 누구였더라? 허수아비는 아니었던 거 같은데 기억이 안 났다. 허수아비한테는 뭐가 없더라? 아, 두뇌! 그래, 내 뇌도 사라진 것 같았다.

형사들은 내게 더는 묻지 않고 지들끼리 쑥덕댔다. 그 소리가 버스에서 졸 때 들리는 소리처럼 아득하게 들려왔다.

"이 새끼 어디 간다, 그랬어?"

"청록산장이요."

"황록산장 옆에 있는 거?"

"네. 거깁니다."

"한꺼번에 들어가서 싹 다 조져. 분명히 뭐가 나올 거야."

뭐 그런 내용이었다. 잠시 후, 형사들이 우르르 몰려나갔다. 자기들끼리만 갔다. 정작 청록산장엘 가야 하는 사람은 난데, 나만 빼고 다들 가버렸다. 물론 파출소 직원들은 남아 있었다. 울적했다. 혼자 있고 싶으니 다들 나가주세요, 라고 말할까 했지만, 따라줄 것 같지 않았다. 형사들한테 내 감시를 부탁받은 파출소장이 다가왔다. 아버지뻘쯤 돼 보였다. 파출소장이 말했다.

"밥은 먹고 다니냐? 빵 있는데 빵 줄까?"

느닷없이 폭신한 말을 들으니 울컥했다. 나는 목울대를 치고 올라오는 뭉클한 덩어리를 애써 삼키며 억눌린 소리로 말했다.

"라면은 없나요?"

세상에는 두 부류의 파출소장이 있다. 라면을 끓여주는 소장과 그렇지 않은 소장. 다행히 거기서 만난 파출소장은 전자였다. 라면 물이 끓는 동안, 파출소장은 내 곁에 붙어 앉아서 자꾸 말을 붙였다.

"학생이 공부를 해야지. 왜 그런 걸 보냐?"

"아직 안 봤는데요."

"보고 안 보고가 중요한 게 아니라, 왜 가지고 다니냐구?"

"아직 안 봐서요."

"…내가 보니까 너 나쁜 애는 아니야. 인제 이딴 거 보지 마라."

술이 덜 깨서일까? 소장이 편해 보여서일까? 나는 소장한 테 쓸 데 없는 말을 늘어놓았다.

"이런 거 보는 게 왜 잘못이죠? 뭐가 그렇게 큰 잘못이라고, 길 가는 사람을 붙잡아서 이렇게 죄인 취급을 하는 거죠? 위험하다구요? 뭐가요? 왜요? 좋아요. 위험해질 수도 있는 가능성이 없지 않다고 쳐요. 하지만 지금 당장 위험한 것도 아니고, 위험할 수도 있는 가능성이 없지 않다는 이유로 길 가는 사람을 잡는 게 옳은가요? 그럼 유리창은요? 슬쩍만 건드려도 사람이 다칠 수도 있고 죽을 수도 있는데 그건 안 위험한가요? 그렇게 치면 유리 제작자와 유리창 설치자를 잡아들여야 하는 거 아닌가요? 유리창은 전부 압수해야 되구요. 그래야 하는 거 아닌가요?"

그렇게 넋두리하듯 울분을 토하는데 라면이 나왔다. 소장이 쯧쯧 혀를 차고 고개를 저으며 자리를 떴다.

배부른 김에 깜빡 졸았나보다. 파출소 앞에 차가 멈추는 기척이 들려 퍼뜩 깨났더니, 청록산장으로 달려갔던 형사들이 돌아왔다. 다행히 내 선후배는 보이질 않았다. 형사들은 나를 쳐다보지도 않았다. 파출소장에게 저 놈 별거 아니니 풀어주라고 하고는 그대로 떠나버렸다. 안도가 들면서 허탈해졌고 그러자 화가 치솟았다. 그 순간만은 평화주의자가 아니고 싶었다.

파출소를 나섰을 때는 어느덧 새벽녘이었다. 시간이 그렇게나 흘렀지만 달라진 건 아무 것도 없었다. 나는 청록산장을 가야 했고, 그게 어디에 있는지도 몰랐다. 나는 평화로운 내 세상으로 돌아가기 위해 운동화 굽을 탁탁 쳤다. 발뒤꿈치만 아팠다. 나는 돌아서서 다시 파출소 문을 열었다. 그리고 파출소장에게 말했다.

"저기요… 도대체 청록산장은 어디에 있는 거죠?"

3.

교문을 누가 열었지?

　어느 여름날 아침, 엄마가 시장에서 새로 산 바지를 내놓았다. 그때 새 옷은 참 귀했다. 다른 집은 모르겠고 우리 집에선 그랬다. 그 무렵의 어느 날, 학교를 올라가는데 썩 친하지도 않은 같은 단과대 동기 여학우가 저 멀리서 나를 불러 세우곤 전속력으로 달려왔다. 무슨 일이냐고 물었지만 그녀는 상체를 숙이고 한참이나 헐떡댔다. 이윽고 그녀가 숨을 고르며 대답했다.

　"너, 그거 새 옷이지? 너무너무 신기해서…."

　오해였다. 그건 늘 입고 다니던 옷이었다. 다만 색이 많이 바래져 있었다.

그날 엄마가 내놓은 것은 여름용 옅은 하늘색 바지였다. 허리 사이즈도 다리 길이도 딱 맞았고, 꽤나 편했다. 내가 그 바지를 여태 기억하고 있는 건 대략 세 가지 이유에서다. 하나는 그 귀한 새 옷이었다는 점. 그리고 내가 입어 본 중 가장 산뜻한 색상이었다는 점. 그때 내 바지는 대개 베이지 색이었다. 딱히 그 색을 좋아해서가 아니라, 막걸리를 아무리 흘려도 베이지 바지는 거의 흔적을 남기지 않았으니까. 세 번째 이유는 내가 그 바지를 입자마자 들려온 어떤 소식과 관련이 있다. 그때 방 안에 켜 둔 TV에서 뉴스 속보가 떴다. 이한열 열사가 사망했고, 경찰이 시신을 탈취하려 한다는 뉴스였다. 나는 즉시 달려 나왔다. 물론 옅은 하늘색 새 바지를 입은 채로. 1987년 7월 5일의 일이었다.

세브란스 행을 탔는데, 버스가 병원이 보이는 자리에서 방향을 틀었다. 세브란스로 가는 길은 물론 연세대로 향하는 모든 길이 봉쇄되어 있었다. 신촌로터리에서 내렸더니 소식을 듣고 달려온 백여 명의 학생들과 시민들이 웅성대고 있었다. 아직 시간이 일러서인지 아는 얼굴은 보이질 않았다.

그런 상황을 예견 못했던 건 아니었다. 이한열 열사는 그 해 6월 9일, 학교에서 최루탄에 머리를 맞고 쓰러졌다. 6월 항쟁이 진행되는 내내, 학생들과 시민들은 매일 24시간 병원을 지켰다. 저 못된 정권이 무슨 짓을 할지 몰라 다들 긴장하고 있었다. 한 달 내내 그랬다. 다만 그 며칠 전에 6·29

선언이 발표됐고, 그래서 어쩌면… 하고 다소 긴장이 풀렸던 것 같다.

버스가 멈출 때마다, 지하철이 도착할 때마다, 분노에 찬 얼굴들이 조금씩 불어나고 있었다. 하지만 너무 더뎠다. 시간이 제법 흘렀지만 저들을 뚫고 들어가기엔 턱없이 부족한 인원이었다. 시간이 조금 더 흘러가자 사람들이 술렁댔다.

"싸우자."

"아직은 아니다."

"치고 올라가자."

"사람들이 조금 더 모일 때까지 기다리자."

사람들은 빠르게 늘어났고, 싸워야 할 순간이 점점 다가오고 있었다. 싸워야 한다면, 싸워야지. 각오를 다지는데 물밀 듯이 후회가 밀려들었다. 왜 하필 새 바지를 입고 왔을까? 그때 누군가가 내 허리께를 두드렸다. 돌아보니 같은 단과대학의 여자 선배였다. 그녀가 말했다.

"학교로 들어가자."

"지금요?"

"지금."

"어떻게요?"

"아는 길이 있어."

선배와 함께 연세대 외곽을 빙 돌아 연희동까지 걸어갔

다. 가면서 살피니 정문은 물론 서문, 북문 등등 모든 문이 막혀 있었고 학교로 가는 모든 길들, 골목들, 샛길들마다 전경들과 체포조인 일명, 청카바들이 득실댔다. 이윽고 선배가 말한 지점에 도착했다. 거기서 주택가를 지나 계속 올라가면 학교 뒷산이 나오는데, 그 어딘가에 주민들이 이용하는 등산로가 있다는 것이었다. 그리고 등산로를 타고 가다보면 학교 담벼락이 나온다는 것이었다. 선배의 주장에 따르면 경찰이 거기까지는 생각도 못할 것이었다.

주택가를 지나 등산로에 도착했다. 전경들이 어마어마하게 깔려 있었다. 맥이 쫙 빠졌다. 선배가 내 어깨를 토닥이며 웃어 보였다.

"등산로로 통하는 다른 루트가 있어."

얼른 돌아내려와 새로운 루트로 한참을 올라갔다. 목적지에 도착하자 엄청난 군중이 웅성대고 있었다. 전경 반, 청카바 반이었다.

하지만 그들이 모든 곳을 다 지킬 수는 없었다. 한참을 돌고 돌다보니 전경도 청카바도 더 이상은 보이질 않는 곳이 나왔다. 다만 사소한 문제가 있었다. 학교로 가려면 산을 통과해야 하는데, 전경만 없는 게 아니라 길도 없었다. 아무리 살펴도 사람들이 다닌 흔적이 눈에 띄지 않았다. 그렇다고 거기까지 갔는데 돌아설 수는 없었다.

눈앞에 원시생태계가 펼쳐져 있었다. 게다가 장마철이라

진창이 져서 발을 디디면 미끄러지거나 푹푹 빠졌다. 때로는 미끄러지는 동시에 푹 빠졌다. 그렇게 얼마나 올라갔을까? 뜻밖에도 문명의 흔적이 나타났다. 철조망이었다. 거기엔 오래되어 색이 바랜 팻말이 붙어 있었다.

여기서부터 사유지이니 들어가지 마시오.
무단침입 시 처벌을 받을 수 있읍니다.

철조망은 내 키 정도의 높이로 눈길이 닿는 저 끝까지 둘러져 있었다. 그걸 통과하는 것 말고는 달리 방법이 없었다. 나는 철조망을 꼼꼼하게 살폈다. 제일 아래에 틈이 조금 있었지만 바닥이 진흙이라 포복으로 지나갈 수 있는 상태가 아니었다. 게다가 내가 입고 있던 건, 그 귀한 새 바지였다.

그나마 무릎 높이의 칸이 허술했다. 나는 아랫줄을 발로 밟고 윗줄은 손으로 당겨 칸을 넓혀서 선배를 통과시켰다. 이번엔 내 차례였다. 조심스럽게 상체를 집어넣었는데, 칸이 생각보다 좁았다. 선배가 칸을 벌리고는 있었지만 힘이 부족했다. 조심스럽게 몸을 움직여 가까스로 하체를 빼내는데 부욱, 소리가 들려왔다.

천이 찢어질 때 흔히 나는 소리였다.

다행히 앞자락은 아니고 엉덩이 부위였다.

나 혼자였다면 엉덩이를 붙잡고 엉엉 울고 싶은 심정이었다. 선배가 말했다.

"이거 새 바지 같은데…?"

"조금 전까지는요. 혹시 엉덩이 보여요?"

선배가 내 엉덩이 부위를 살피며 말했다.

"조금."

"다행이네요."

"아까워라… 너 새 옷 입는 거 별로 못 본 거 같은데…."

나는 속으로 눈물을 철철 흘리면서 피식 웃어 보였다.

철조망을 지나 5분쯤 올라가니 가파른 비탈이 나왔다. 진흙 위에 젖은 풀이 덮여 있었고, 마찰력이 거의 없는 미끄럼 전용 신발을 신고 있어 한발 한발 내딛기가 몹시 곤혹스러웠다. 몇 번을 미끄러졌지만 다행히 넘어진 건 두 번뿐이었다.

마침내 담장이 나왔다. 학교 울타리였다. 반가운 탄성과 동시에 탄식이 새어나왔다. 담 높이만 해도 2미터가 넘는데, 그 위에 철조망이 쳐져 있었다. 나야 어찌어찌 올라갈 수 있을 것 같았지만 문제는 선배였다. 선배는《봄봄》의 점순이만큼이나 작았다. 그렇다고 암벽등반의 유단자도 아니었다. 이런저런 궁리 끝에 작전을 세웠다. 먼저 내가 선배를 목마 태워 올리면, 선배가 내 어깨를 밟고 올라간 후 철조망을 통과한다는 것이었다. 내가 쪼그려 앉자 선배가 내 목에 다리를 걸쳤다. 벽을 짚고 일어서려 끙 힘을 주는데 느닷없이 부욱, 소리가 들려왔다.

다행히 이미 찢긴 곳이었다.

조금 더 벌어진 것뿐이었다.

철조망을 뚫고 교내로 들어섰을 땐, 신촌로터리를 출발하고 두 시간가량이 지난 후였다. 주위는 고요했고, 아무도 보이질 않았다. 엉덩이에 와 닿는 바람을 외면하며 어기적어기적 한참을 걸어가자 교정에 마련된 분향소가 보였다. 병원에 남아 있던 사람들이 차려놓은 것이었다.

선배와 나는 향을 피워 고인에게 미안함과 고마움을 전했고, 명복을 빌었다. 그리고 병원으로 가려는데, '와~' 엄청난 함성과 함께 지축이 울렸다. 놀라서 분향소를 뛰쳐나와 보니 수천 명의 학생들과 시민들이 달려오고 있었다. 그중 제일 빠른 사람을 붙잡고 물어보았다.

"저기요… 교문이… 닫혀 있지 않나요?"

"열려 있는데요."

"아까는 분명히…"

"아까는 닫혀 있었죠, 분명히. 근데, 사람들이 모여들었어요. 모이고 모이고, 엄청 모이니까 개네들이 철수하더라고요. 그래서 교문이 열렸어요. 지금도 사람들이 엄청 모여들고 있어요."

나는 분향을 하기 위해 길게 줄을 만들고 있는 사람들을 둘러보았다. 다들 굉장히 깨끗한 차림이었다. 엉덩이가 보이는 사람은 아무도 없었다. 왈칵 울음이 쏟아졌다. 꼭 찢어진 바지 때문만은 아니었다.

4.

응
답
하
라
1
9
8
8

　소파에 빈둥빈둥 누워 TV 채널을 돌리다가 문득 한 얼굴
이 떠올랐다. 1989년 화창한 어느 봄날, 시들시들한 군인들
이 우글우글한 통합병원에서 나는 그를 만났다. 그는 강원
도 산골 출신의 유씨 성을 가진 활달한 청년이었다.

　"우리 집에 갈라믄 우쩨는 줄 아나? 밑에서 '엄마 줄~' 하
고 소리쳐. 그럼 줄이 내리와. 그 줄을 잡고 한참을 올라가
다 보믄 집이 하나 나오는데 그건 우리 집이 아니야. 거기서
또 한참 올라가다 보믄…"

　작고 깡마른 체격의 유는 입대 전, 한 오부리 밴드의 드러
머였다. 젊은 뮤지션답게 유는 틈만 나면 팝송을 불러제꼈

다. 그의 18번은 〈펑키타운〉을 번안한 당대의 유행가였다.

─ 똥또동 (이 노래에 반드시 앞장서는 입 전주)

니 방귀 뀠지?

안 뀠다〜

솔직히 말해.

뀠다 와〜

어떻게 뀠니?

뽕뀠다〜우.

  유는 반년 전부터 군복 대신 환자복을 입고 지냈다. 그동안 그는 숱한 병실들을 거쳤다. 그리고 여전히 일반외과와, 이비인후과, 그리고 정신과 병동을 전전하고 있었다.

  그 시작은 88올림픽이 개막되던, 그날 그 시각이었다. 쌍문동에 사는 덕선이가 잠실 올림픽 주경기장 대기실에서 피켓을 만지작거리며 가슴 졸이는 동안, 이등병이었던 유는 동부전선 최북단에서 밤새 철책근무를 선 동료들과 함께 TV 앞에서 가슴을 졸이고 있었다. 잠이 쏟아졌고 온몸이 물에 젖은 솜처럼 무거웠다. 하지만 조국과 민족의 무궁한 영광을 위한 저 성대한 잔치를 놓치고 싶지 않았다.

  결과적으로 유는 굴렁쇠 소년도, 호돌이도, 통구이 비둘기도, 덕선이도 볼 수 없었다. 개막식이 시작되고 얼마 후, 평생 결코 잊을 수 없는 외침과 풍경에 맞닥뜨려야 했으니까.

"야, 이 개새끼들아."

한 병사가 내무반 문 밖에 엎드려 있었다. 유는 그가 누구인지 알아보았다. 몇 주 전에 전입해온 신병이었다. 유는 신병의 그 사나운 표정과, 견고한 자세와, 악다구니… 그 어느 것도 이해할 수 없었다. 다만 후임병의 그 불경스러운 행동이 꼭 한 달 고참인 자신의 책임으로 돌아올까 겁이 났다. 유가 자리를 박차고 일어났을 때, 신병이 작은 쇳덩어리 두 개를 내무반으로 던졌다. 수류탄이었다.

즉시 모든 장면이 슬로우 모션으로 변환되었다. 유는 그 자리에 얼어붙은 채, 안 되는데… 안 되는데… 그 소리만 웅얼거렸다. 마침내 그 작고 검붉은 물체가 침상 밑으로 굴러 들어왔고, 굉음이 울렸고, 몸이 공중으로 튕겨 올랐다. 유의 머릿속에선 불의 형상을 배경으로 자신이 겪은 20년 인생의 모든 과정이 빠짐없이 흘러갔다. 그에겐 남아 있지 않은 기억 속에서 유는 들것에 올랐고, 헬기에 올랐고, 수술대에 올랐고, 다시, 또 다시 수술대에 올랐고, 그리고 살아남았다.

한 부대가 소멸되어 버린 이 끔찍한 사건은 그러나 누구에게도 알려지지 않았다. 조국의 언론들은 세계에서 모여든 건각들에게, 대한의 하늘이 얼마나 파랗고 아름다운지 자랑하느라, 원하는 것은 무엇이든 할 수가 있고 뜻하는 것은 무엇이든 얻을 수 있는 아아 우리 대한민국을 노래하느라, 손에 손 잡고 벽을 넘어서 우리 사는 세상 더욱 살기 좋도록 이끄느라 너무 바빴다.

어느 날, 유는 마치 훈장이라도 자랑하는 양, 거드름을 피우며 환자복을 열어 맨몸을 내보였다. 그의 가늘고 새하얀 몸뚱이에는 하복부에서 시작해서 배꼽을 거쳐 가슴까지, 칠레만큼이나 긴 경계선에 수십 개의 연속된 임금 왕이 새겨져 있었고, 무수한 반점들이 그 주변에서 호위하고 있었다.

"얘네들은 말이야…"

붉은 반점들 중 하나를 손으로 짚으며 유가 말했다.

"파편들이거등. 깊이를 몰라서 꺼낼 수가 없다 하드라. 잘못 건드리면 신경이 나간대. 근데 이게 잘못하면 돌아다닐 수가 있으니까, 무지 조심하라고 하드라. 드럼도 안 치는 게 좋을 거래."

그날 수류탄이 터졌을 때, 유는 남은 인생을 위한 운을 남겨둘 만큼 여유로운 처지가 아니었다. 그렇다고는 해도 살아남는 그 한 가지 일에 너무 많은 운을 쏟아부었다. 전역이 결정되고 보훈등급 조정을 위한 당국자들의 회의가 열리자 그 점이 명백해졌다.

유의 온몸에 남은 상처들은 그의 인생에는 치명적이었다.

하지만 그의 신체 각 부위에 미친 영향은 미미했다. 유의 미래를 움켜쥔 당국자들이 보기에는 그랬다. 당국자들은 현미경을 들이대고 유의 몸을 정밀하게 살폈다. 상처 입은 모든 부위에 특수부호와 숫자가 매겨졌다.

유는 그 이전에 그것과 똑같은, 적어도 유사한 과정을 거쳤어야 했다. 스물, 그 싱싱한 꿈을 저당 잡혀야 하는 결정을 내릴 때, 그러니까 징집신체 검사에서 마땅히 그래야 했다. 하지만 그 과정은 두어 번의 질문으로 얼버무려졌다.

"몸에 특별히 이상이 있는 사람 나와."

회의는 유에게 불리하게 흘러갔다. 소장을 1미터 넘게 잘라냈지만, 그 길이가 보상 기준에 한 뼘 가량 부족했다. 몇 개의 부서진 장기들은 시간과 함께 회복될 것이므로 논의에서 제외됐다. 총 150여 개로 밝혀진 파편 창들은 산정 기준 자체가 없었다. 유의 인생과 영원히 함께 할 정신적인 외상들 또한 마찬가지였다.

그래도 아직 희망은 남아 있었다. 청력은 잃었으나 아직 치료를 남겨 놓은 한쪽 귀가 그것이었다. 얼마 후, 유는 마지막 수술대에 올랐다. 꽤 긴 시간이 소요될 것이라는 집도의의 사전 브리핑과는 달리 수술은 시작하자마자 끝났다. 의아해하는 유에게 집도의가 물었다.

"너 군대 오기 전에 귀 다친 적 있지?"

소년 시절, 유는 틈만 나면 아우라지 맑은 물에 뛰어들었다. 그때 몇 방울의 물이 귀로 스며들어 중이염을 일으켰다. 반 농담으로, 밧줄을 타고 오르내려야 하는 집에서 시내 병원까지 까짓 염증 치료하겠다고 왔다리갔다리하는 건 언감생심이었다. 마이신 몇 알도 아까워하던 시절이었다.

그때의 상처는 간혹 그의 활동에 불편을 끼쳤었다. 그래서 유는 징집 신체검사를 받을 때, 혹시나 보충역판정이라도 받을 수 있지 않을까 하는 기대를 품고 물어봤었다. 거기에 대한 징집군의관의 반응은 냉소였다.

"군대 가면 다 나아."

하지만 유의 귀 수술을 담당한 군의관에 따르면 그때의 상처에서 유래된 고름샘이 깊어져 뇌가 손상되기 직전이었다. 군병원에서는 손을 쓸 수 없는 상태였고, 하여 군의관은 상처를 놔둔 채 그대로 봉합한 것이었다.

수술실을 떠나는 유에게 군의관이 말했다.

"어떻게 자기 몸을 그렇게 모르냐? 인마, 넌 군대에 들어오면 안 되는 놈이었어."

그로써 모든 책임은 유에게로 귀속되었다.

"아, 씨발, 뭐가 이러냐."

정환이와 택이가 덕선이를 그리워하며 바라보던 그 파란 하늘에 눈을 둔 채 유가 긴 한숨을 내쉬었다. 내가 그의 어깨에 손을 얹자 유는 신경질적으로 뿌리치고는 자리를 박

차고 일어났다. 굳은 등을 내보이며 한참을 서 있던 유가 갑자기 홱 돌아섰다.

— 똥또동!

유가 몸을 흔들며 노래했다.

니 방구 꼈지?
안 꼈다.
솔직히 말해… .

덕선이가 이미연으로 둔갑할 만한 세월이 흘렀고, 이제 방귀 뀐 놈을 아무리 다그쳐도 콧방귀도 안 뀌는 시절이다.
유는 어느 하늘 아래 살고 있을까?
그는 여전히 똥또동, 노래하고 있을까?

5.

수술실에서

  서울 올림픽이 지나고 두어 달이 지난 어느 아침, 나는 벽
제에 있는 야전 병원의 수술 대기실에서 팔굽혀펴기를 하
고 있었다. 그곳을 거쳐간 대개의 인류가 그렇듯 나도 수술
을 앞둔 병사였다. 부끄럽지는 않지만 말하기가 좀 껄끄러
운 질환 때문이었다. 수류탄을 깔고 앉았을 때 다칠 확률이
현저히 높은 부위에 문제가 있었다. 병명은 치루였고 정도
가 심각하지는 않아서 수술을 받고 열흘 정도 치료를 받은
후에 자대로 복귀할 예정이었다.

  대략 한 시간 후에 수술이 시작될 예정이었다. 수액주사
를 놓으려던 간호장교가 혈관을 찾는 데 어려움을 겪었고,

끝내 내 팔뚝에 기저귀 고무줄을 채우고는 이렇게 명령한 것이었다.

"엎드려뻗쳐. 푸시 업!"

워낙 젊었던 데다가, 전날부터 굶고, 두 번에 걸쳐 관장까지 해서 몸이 가벼워진 상태였으므로 팔굽혀펴기는 그리 어렵지 않았다. 하지만 아쉽게도 100개도 채우기 전에 혈관이 바늘을 꽂기 맞춤하게 올라왔다.

금식에, 운동에, 수액을 맞으며 쉴 수 있다니. 이건 인간의 아들이 누릴 수 있는 최고의 호사가 아닌가? 이렇게 운수 좋은 날은 설렁탕이 제격인데… 나는 사뭇 명랑한 기분이 되어 한동안 다리를 건들거리며 누워 빈들거렸다. 그날의 시작은 그렇게나 훌륭했다. 그런데 수술을 10분 정도 남겨 놓았을 때 밖에서 들려온 굵고 높은 목소리가 평화를 흩뜨렸다.

"야! 너 일루 안 와!"

곧바로 벌컥 문이 열렸고, 간호장교 오 중위가 뛰어들었고, 목소리의 주인공이 따라 들어왔다. 군의관 임 대위였다. 뜻밖이었다. 임 대위는 쿨하고 멋진 사람이었다. 입원하고 나서 내 귀에 들려온 평들이 그랬다. 나는 그 며칠 전에야 입원해서 몇 번 본 적도 없지만 그에 대한 인상이 나쁘지는 않았다. 적어도 임 대위는 그의 동료 군의관들과는 조금 다른 사람이었다.

어떤 군의관은 우리를 환자보다는 군인으로 보고 규율을

강요했다. 가령 군의관 조 대위는 병실 점호를 할 때마다 꼬투리를 잡았다. 환자들이 아픈 몸을 이끌고 낑낑대며 아무리 열심히 청소해도, 조 대위에겐 성에 차지 않았다. 트집 잡을 게 정 없으면, 하얀 면장갑을 꼈다. 형광등 위나 침대 바닥엔 언제나 그를 위한 꼬투리가 남아 있었다.

임 대위가 당직사령인 날은 편했다. 자상한 의사는 아니었지만, 적어도 환자들을 환자로 대했다. 그래서 나도 임 대위에게 어느 정도 호감을 느끼고 있었다. 하지만 그때 오 중위를 쫓아 들어온 임 대위의 모습은 평소와 달랐다. 군의관이라는 그 고결한 신분에 어울리지 않게 여염집 사내들이나 뱉을 수 있는 상소리들을 마구 늘어놓는 것이었다. 간호장교 오 중위는 마치 여염집 각시라도 되는 것처럼 대꾸도 않고 하염없이 눈물만 흘렸다. 나는 눈물에 약하다. 특히나 여인의 눈물에는. 게다가 그때는 유난히 가슴이 미어졌는데, 임 대위가 잠시 후에 내 수술을 진행할 의사였기 때문이었다.

의사가 저렇게 흥분했는데, 환자라도 침착해야지. 나는 몇 번인가 크게 심호흡을 했고 침대에 누운 채 수술실로 들어갔을 때는 어느 정도 평정을 찾을 수 있었다.

수술실의 등장인물을 간략하게나마 소개하는 게 좋겠다. 의외로 인간의 도리를 중시하는 외과의사 임 대위와, 타이밍에 약한 수술실 선임 간호장교 심 대위, 혈압 체크를 담당한 직분에 충실한 위생병 박 병장, 그리고 의지할 데 없는 환자인 나.

수류탄을 깔고 앉았을 때 다칠 확률이 현저히 높은 부위의 수술은 척추마취로 진행된다. 다들 특별한 의상을 갖춰 입고 있는데, 혼자서 아랫도리를 깐 채 멀쩡한 정신으로 누워 있자니 영 어색하고 민망했다. 어색함을 덜어내려고 감각이 사라진 엄지발가락에 온 신경을 집중했다. 척추마취 상태에서 엄지발가락을 움직일 수 있을까? 지금 움직이고 있을까? 움직이면 신날까? 아님, 혼날까?

이윽고 의외로 인간의 도리를 중시하는 임 대위가 들어왔다. 임 대위는 다행히 쿨하고 멋진 사람으로 돌아와 있었다. 들어오자마자 위생병에게 명랑한 어조로 이렇게 말하는 걸 보니 그랬다.

"박 병장. 음악 좀 틀어라. 신나는 걸로."

잠시 후 그 여름의 대히트곡인 이상은의 '담다디'가 흘러나왔고, 수술이 시작됐다.

그대는 나를 떠나려나요. 내 마음 이렇게 아프게 하고
그대는 나를 떠나려나요. 내 마음 이렇게 슬프게 하고…

떠나는 사람 때문에 아프고 슬픈 담다디가 끝나고 새로

운 노래가 시작될 무렵, 아래쪽에서 내 몸을 밀치는 느낌이 들었다. 그땐 몰랐지만 수류탄을 깔고 앉았을 때 다칠 확률이 현저히 높은 부위에 메스를 댄 것이었다. 그런데 바로 그때, 타이밍에 약한 수술실 선임 간호장교 심 대위가 입을 열었다.

"근데 임 대위님, 아까는 왜 그렇게 흥분하셨어요?"

대한민국은 민주공화국이며 언론, 출판, 집회, 결사의 자유가 있다. 누구나 하고 싶은 말이 있으면 어디서든 누구에게든 할 수 있다. 그건 충분히 할 수 있는 질문이었다. 나는 그렇게 생각한다. 하지만 그게 적절한 타이밍이었을까? 그 질문을 꼭 그때, 그러니까 수류탄을 깔고 앉지 않았음에도 문제가 생긴 그 부위에 칼을 댄 직후에 해야 했을까?

내 무릎과 무릎 사이에서 임 대위의 얼굴이 불쑥 솟았다.

"아, 심 대위도 들었어요?"

다행히 임 대위의 얼굴은 평온해 보였다. 나는 안도했다. 임 대위가 말을 하는 동안 점점 흥분하는 타입이라는 걸 그 순간에는 몰랐으니까. 임 대위는 오 중위와 복도에서 있었던 일을 상세하게 늘어놓았다. 특별한 이야기는 아니었다. 예의와 배신과 인간의 도리에 관한 그렇고 그런 이야기였다. 대충의 줄거리를 요약하자면 이랬다.

그동안 내가 오 중위한테 얼마나 잘해줬냐? 그건 심 대위

당신도 알지 않느냐. 오 중위 개도 나한테 얼마나 살살거리며 잘했냐. 근데 내 제대가 가까워지니까 얘가 달라지더라. 인제 나한테 잘 보일 필요 없다는 거지. 아까는 분명히 나를 봤는데 인사도 안 하더라. 그래서 한소리 했더니, 자기는 못 봤다면서 입술을 삐쭉이는 거야. 그래서 또 뭐라 했더니 이 자식이… 미주알고주알 이어지던 이야기는 임 대위가 이렇게 말하며 끝을 맺었다.

"인간이 그래서는 안 돼."

이야기가 끝났으니 이제 중단됐던 수술이 재개되는 것이 순리였다. 하지만 그 자리엔 심 대위가 있었고, 그녀는 타이밍 따위 신경 쓰는 사람이 아니었다.

"이상하네. 오 중위가 그럴 사람이 아닌데."

누구나 언제든 무슨 말이든 할 자유와 권리가 있다. 나는 진짜 그렇게 생각한다. 다른 건 구애 안 받아도 된다. 하고 싶은 말이 있으면 하라. 하지만 타이밍, 제발 그것만은 지키자.

점차 고조되다가 소강상태로 접어들었던 임 대위의 감정은 심 대위의 그 질문 하나로 급격히 정상까지 치솟았다. 임 대위는 조바꿈을 통해 두 옥타브를 끌어올린 목소리로 "아니긴 뭐가 아냐? 심 대위가 봤어?"라고 쏘아붙이고는 인간의 도리를 저버린 오 중위를 규탄하기 시작했다. 잠시 후, 내내 내 머리맡에 묵묵히 서 있던, 직분에 충실한 위생병장 박 병장이 이렇게 웅얼거릴 때까지는.

"혈압 80에 60. 혈압이 계속 떨어지고 있습니다."

위생병의 말을 받아 간호장교 심 대위가 중얼거렸다.

"아이고 피가 너무 많이 나네."

피는 사람을 흥분시킨다는데, 나는 소리만으로도 흥분됐다. 하지만 백문이 불여일견이라 하지 않았던가? 피를 직접 본 임 대위는 나보다 훨씬 흥분한 것 같았다.

"그래서 뭐? 수술하는 거 처음 봐? 수술하는데 그럼 피가 안 나? 지금 중요한 건 그게 아니잖아!"

그리고는 오 중위한테 자신이 얼마나 잘해줬는지가 드러나는 에피소드 몇 개를 열거하며 인간의 도리에 대한 열강을 이어갔다. 심 대위는 수술받는 사람 심란하게 점점 불안한 얼굴이 되어갔다. 나는 가만히 누워 소리 없이 분노했다. 아, 이럴 거면 차라리 전신마취를 하든가!

오 중위를 향한 임 대위의 규탄이 최고조로 향하던 어느 순간, 심 대위가 위생병에게 한마디를 던졌다.

"혈압은?"

아마도 주의를 환기시켜 임 대위를 의사 본연의 자세로 이끌려는 숭고한 의도에서 던진 질문이었을 것이다. 직분에 충실한 위생병장 박 병장이 대답했다.

"70에 50. 계속 떨어지고 있습니다."

그건 썩 좋은 상황은 아니었다. 의학지식과는 별개로 박 병장의 불안한 목소리만 들어도 그 정도는 알 수 있었다. 하지만 의외로 인간의 도리를 중시하는 외과전문의 임 대위의 생각은 달랐다.

"괜찮아. 이 정도로 안 죽어."

나는 여전히 곱게 누운 채로 욱했다. 뭔가 이의제기를 해야 할 타이밍이 아닐까? 하지만 내 생각에 그건 수술받는 환자의 도리가 아니었다.

직분에 충실한 위생병장 박 병장의 드러나게 떨리는 목소리가 다시 들려왔다.

"60에 40! 혈압이 계속 떨어지고 있습니다."

그러자 심 대위의 목소리에도 다급함이 묻어났다.

"잘못하면 쇼크 오겠네. 이러다 큰일 나겠어요. 임 대위님."

"그래서 뭐? 뭐? 나 석 달만 지나면 제대하는 사람이야! 이런 애 하나 어떻게 된다고 내가 눈 하나 깜짝할 거 같아? 웃기지 마. 사유서 하나 쓰고 사인해 버리면 끝이야."

이제는 항의해야 할 때였다. 다른 건 몰라도 그건 인간의 도리가 아니지 말입니다, 라고. 하지만 갑자기 천장에 매달린 조명이 빙빙 돌기 시작했다. 임 대위의 목소리도 귓바퀴 언저리에서 왕왕 울리며 빙빙 돌았다. 이렇게 어처구니없이 끝나는 건가…? 절망마저 빙글빙글 돌아갔다. 그런데 바로 그때, 타이밍에 약한 심 대위의 교태가 시작됐다.

"아잉, 임 대위님 오늘 좀 터프하시당. 이따가 제가 술 한

잔 살게용. 일단 지혈은 하시는 게 어떨까용…?"

한동안 아이 씨, 아이 씨만 반복하던 임 대위가 허허 웃고는 이렇게 말했다.

"내가 심 대위 때문에 참는다, 진짜."

그리고 임 대위는 휘청휘청 내 무릎과 무릎 사이로 사라졌다. 눈물이 핑 돌았다. 수술이 재개된 것은 환영할 만한 일이었지만 내가 아니라 심 대위 때문이라니, 그게 어찌나 서럽던지.

다음 날, 회진을 온 임 대위는 전날의 일을 잊은 것 같았다. 맞은 놈은 이를 갈며 밤을 새워도, 때린 놈은 코 골고 자는 게 세상 이치니까. 나도 대개의 맞은 놈들처럼 혹시나 때린 분의 심사를 거스를까 봐 웃는 낯으로 인사했다. 임 대위는 건성으로 인사를 받고는 서둘러 내 환부를 살폈다. 한동안의 침묵이 이어지더니 이윽고 임 대위의 혼잣소리가 들려왔다.

"이상하네… 이걸 왜… 이렇게… 하… 이쪽을 했어야 했는데…"

그로부터 얼마 후, 나는 자대로 복귀하는 대신 통합병원으로 후송되어 새로운 군의관과 마주 보고 서 있었다. 새로운 군의관이 말했다.

"뒤로 돌아. 허리 숙여."

내 차트와 수류탄을 깔고 앉았을 때 다칠 확률이 현저히 높은 부위를 번갈아 보던 군의관이 혼잣소리로 중얼거렸다.

"하이고, 도대체 어떤 미친 자식이 이래 만들어 놨노?"

나는 끝내 자대로 복귀하지 못했고, 통합병원에서 제대했다.

임 대위의 소식을 전해들은 것은, 그로부터 10년 쯤 지난 어느 날의 일이었다. 우연히 술자리에 동석한 간호사를 통해서였다. 예비역 임 대위와 같은 병원에서 근무했었다는 그녀는, 내가 그 사람을 안다는 말에 반색을 했고, 그가 어떤 사람이냐는 내 질문에 밝은 얼굴로 대답했다.

"임 선생님이요? 쿨하세요. 멋진 분이죠."

욱해서, 내가 겪은 임 대위에 대해 말하려다 참았다. 자신이 그 상황에 직접 맞닥뜨리지 않는 한, 내 말을 믿지 않을 테니까. 십중팔구 너한테 그런 취급을 당할 이유가 있었겠지, 라고 생각할 테니까.

흔히 사람은 모두 다르다, 라고들 한다. 동의한다. 하지만 그뿐일까? 한 사람은 언제나 같은 사람일까? 수술실에서 내가 본 사람이 진짜 임 대위일까? 아니면 평소에 보여준 모습이 진짜 임 대위일까? 캐릭터의 일관성이라는 것이 과연 존재하기는 하는 걸까?

생각난 김에 임 대위의 근황을 검색해 봤다. 그는 내가 자주 지나다니는 곳에서 개업의로 일하고 있었다. 잘 살고 있는 거 같았다. 쿨하고 멋지게. 오 중위처럼 자신을 무시하는 사람을 만나지만 않는다면, 앞으로도 그는 잘 살아가지 않을까? 쿨하고 멋지게.

6.

계급투쟁의　전말

그 두 남자는 왜 거기 딱 붙어 있었던 걸까? 그것도 실오라기 하나 걸치지 않은 몸으로. 동네 목욕탕이라고는 해도 자리는 많았다. 손님이라고 해봐야 그 둘과 나, 그렇게 셋뿐이었으니까. 앉은뱅이 샤워기 앞에 나란히 앉아 때를 밀고 있는 두 사람은 척 보기에도 무척 대조적이었다.

먼저 검은머리. 50대 중반으로 추정되는 얼굴답지 않게 건장했다. 키가 홀쩍했고, 구릿빛 피부에, 탄탄한 근육의 소유자였다. 손바닥은 두툼하고 굳은살이 가득 배어 있었다.

그리고 흰머리. 60대 후반으로 보이는 그는 머리만 빼고 뭐든 작았다. 시든 배추 속살 빛의 얼굴도, 손도, 발도 둥글고 도톰했다.

다툼은 흰머리의 낮고 굵고 울림 좋은 소리로 시작됐다.

"흠…."

무슨 일인가로 심기가 편치 않은 모양이었다.

"흠…."

한숨인지 탄식인지를 거푸 뱉던 흰머리가 나직하게 말했다.

"샤워기 좀 잠가 놓고 씻읍시다."

검은머리는 들은 척도 하지 않았다. 흰머리의 구시렁대는 소리가 잠시 이어졌다. 그리고 마침내 검은머리의 고함이 터져 나왔다.

"댁이나 잘해! 왜 남의 일에 참견이요, 참견이!"

목욕탕 특유의 울림이 도와주지 않았더라도 꽤나 우렁우렁한 목청이었다.

"물을 그냥 흘려버리면 아깝잖아요."

흰머리가 한결 부드러워진 음성으로 받았다.

"아껴서 나쁠 게 뭐가 있겠어요? 안 그래요?"

"아저씨나 많이 아끼쇼. 나 물 아끼러 여기 온 거 아니니까!"

검은머리의 이태리타월을 끼운 손이 식스팩의 골을 가로지르며 드륵드륵 때를 밀었다. 어색한 침묵이 이어졌다. 다툼은 거기서 끝난 것 같았다. 하지만 잠시 후 흰머리가 혼잣소리를 뱉었다.

"그러니 맨날 그 모양, 그 꼴이지."

"뭐야!"

검은머리가 이태리타월을 팽개치곤 자리를 박차고 일어섰다. 유난히 울퉁불퉁한 주먹의 정권부위가 도드라져 보였다. 그러자 흰머리의 목소리에 살짝 떨림이 섞여 들었다.

"아이고, 형씨 왜 이러시나…."

검은머리가 앉아 있는 흰머리에게 위협적으로 다가섰다. 그건 썩 아름다운 광경은 아니었다. 아름답지 않을 뿐더러 위태로운 광경이었다. 검은머리의 가장 취약한 부위가 흰머리의 가장 강력해 보이는 무기 앞에서 달랑거리는 형국이었으니까. 태곳적 남성용 바지가 발명된 이유 중 하나는 틀림없이 그거였다. 그러니까 앉아 있는 사람에게 안전하고 자연스럽게 다가서기 위해서.

검은머리가 흰머리를 위압적으로 내려다보며 말했다.

"내 돈 내구, 내 물, 내가 쓰는 거요. 물 아낄라고 목욕탕에 온 거 아니라고!"

하지만 그의 계산은 빗나갔다. 흰머리는 별로 놀라는 기색도 없이 허허 웃었다. 그러고는 나직하게 자신의 주장을 되풀이했다.

"그러니까 니 거 내 거가 중요한 게 아니라, 아끼면 좋은 거라 이거지."

검은머리는 눈을 사납게 치뜨고 내리뜨며 씩씩거렸다. 그러더니 제자리로 돌아서며 큰소리로 중얼거렸다.

"아우 진짜, 살다 살다 별… 한 주먹거리도 안 되는 인간이 어디서, 싯팔…."

그때였다.

"너 지금 뭐라 그랬어!"

전혀 예상 못했던 거센 반격이었다. 검은머리는 주춤했지만 잠시 후, 맞받으려 했다.

"뭐? 너? 하… 너?"

평지에서의 싸움이라면 숫자 싸움이 시작될 타이밍이었다. 너는 몇 살이고 나는 몇 살이고, 내가 사실 동안인데 호적까지 잘못됐고, 너만 호적이 잘못 됐냐 나는 니 아버지뻘이고, 아웅다웅하다가 끝내 민쯩까, 로 이어지는 수컷들의 유명한 나이 전쟁. 하지만 알다시피 거긴 민쯩을 까기에 적절한 공간이 아니었다. 이런저런 신분증명, 계급장 다 떼고 알몸과 알몸이 맞부딪히는 원초적인 전장이었다.

싸움의 결과는 불을 보듯 훤했다. 흰머리는 정말이지 한 주먹감도 안 돼 보였다. 하지만 흰머리가 낮고 빠르고 단정적으로 말했을 때 반전이 일어났다.

"너 박 사장 밑에서 일하지?"

그 한마디에 검은머리의 목소리에서 핏기가 가셨다.

"바, 박 사장? 어, 어느 박 사장…?"

"너 박○○이 밑에서 노가다하는 놈이잖아. 지금 요 밑에 공사판에 있지?"

"그건 그런데, 박 사장님은 왜…."

검은머리가 주춤 물러서며 더듬거렸다. 인파이터로 돌변한 흰머리가 단숨에 검은머리의 턱밑까지 파고들었다.

"너 최 사장은 알아 몰라?"

"최… 누구요…?"

"박○○이도 최○○이도 다 내 밑에 있던 애들이야. 내 말 알아들어?"

그때부터 흰머리의 독무대였다. '막내 동생뻘도 안 되는 놈'이라는 말이 여러 번 나왔다. '어른 말씀'이라는 말도 몇 번 나왔다. '너 같은 놈이 감히 어딜'도 사용 빈도수가 높은 말이었다. 그중에서 가장 강조한 표현은 '내가 너 같은 놈 수백 명을 부렸던 사람이야!'였다.

검은머리의 샤워기는 어느새 꺼져 있었다. 한동안 계속되던 흰머리의 고성이 이윽고 잦아들었다. 흰머리가 샤워기를 최대출력으로 틀며 말했다.

"원 살다 살다, 별 거지같은 게 다…."

검은머리가 기어드는 소리로 말했다.

"저 원래 그런 사람 아녜요. 어쩌다가 깜박한 거지."

흰머리는 쳐다보지도 않았다. 검은머리는 수도꼭지를 아주 조금만 돌려 찔찔 나오는 물로 몸을 헹궜다. 숨죽인 채 사태를 관망하던 나는 거기서 욱했다. 물론 속으로.

검은머리는 그때 따졌어야 했다. 박 사장 얘기가 나왔을 때, 본격적으로 붙었어야 했다. 당신이랑 내가 싸우는데 박 사장, 최 사장은 왜 나오는데? 내가 물을 쓰는 거랑 박 사장, 최 사장이 무슨 상관이 있다고. 왜 느닷없이 내 포도청을, 내 식구 밥줄을 흔드는데? 이 싯팔 영감탱이야, 왜 목욕탕까지 계급장을 달고 와서 지랄이냐고!

우당탕 요란한 소리에 상념에서 깨어났다. 반전의 시작인 가? 기대를 품고 돌아보는데 검은머리의 음전한 목소리가 들려왔다.

"죄송합니다, 제가 미끄러져서요."

목덜미에 비누거품을 묻힌 채 밖으로 나가던 검은머리가 내 쪽을 보며 소리쳤다. "뭘 봐, 싯팔."

나는 황급히 고개를 숙이며 중얼거렸다.

"아뿔싸, 내가 제일 하빠리였구나!"

7.

호칭의

등급

　방송작가로 일할 때였다. 어느 날, 낯선 번호의 전화가 왔다. 상대는 방송제작 프로덕션에서 제작관리를 맡고 있는 C라고 자신을 소개했다. 새 프로그램을 기획하는데 같이 하자는 것이었다. 다음 날로 약속을 잡았다.

　마침 그곳에서 일하는 친구가 있었다. 인물평을 들어보니 C는 평범한 남자였다. 강자한테는 약하고 약한 사람한테는 강한, 뭐 우리가 시중에서 흔히 볼 수 있는 그렇고 그런. 친구가 이런 조언을 했다.

　"상대가 쎄 보이면 절대 안 건드려."

다음 날, 나는 각오를 단단히 하고 집을 나섰다. 지하철 창에 비친 내 모습을 봤더니 고개가 상당히 빳빳했다. 너무 일찍부터 서두른 거 아닌가, 다소 불안했다. 아니나 다를까, C를 만났을 때는 지쳐서 힘이 다 빠져 있었다. 그래도 거친 여운은 남아 있었던지 C는 나를 엄청 깍듯하게 대했다. 달리 강해 보일 방법이 없어서 하루 이틀 생각할 시간을 달라고 튕겼더니, C가 애원조로 말했다.

"최 선생님, 꼭 도와주셔야 합니다."

뭐 도와주려고는 아니고 먹을 돈도 놀 돈도 딱 떨어져서 바로 일을 시작했다. 한동안 기획회의를 하면서 살피니 C는 친구가 평한 그대로의 인물이었다. 마음에 들지 않는 아랫사람한테 굉장히 가혹했다. 전혀 예기치 못한 각도에서 쌍시옷을 날렸고, 작가의 대본을 예사로 찢어 날렸고, 상대가 울 때까지 쉬지 않고 고함을 날렸다. 상대가 남자든 여자든 평등하게 그랬다.

나를 대하는 태도는 상당히 달랐다. 나는 경계를 늦추지 않았고 고개를 늘 빳빳이 세우고 있었으니까. 그렇다고는 해도 선생님이라는 호칭은 과했다. 그땐 아직 30대였고 C는 나보다 꽤 연장자였다. 어느 날 술자리에서 그 뜻을 전하니 C가 낮을 붉히며 말했다.

"아유, 선생님한테 어떻게…."

프로그램은 시작되고 한 달이 지나도록 궤도에 오르지 못했다. 매일 불려나가 회의적인 회의에 시달렸다. C는 늘 구겨진 얼굴로 이렇게 말하곤 했다.

"최 작가님. 지금 상황이 심각해요. 획기적인 아이디어가 있어야 하는데…"

호칭이 미묘하게 바뀌었다는 걸 그때는 몰랐다. 뭐 그런 걸 신경 쓸 겨를이 없기도 했다. 세부적인 내용과 톤을 바꾸고 어쩌고 하다 보니 프로그램이 슬슬 궤도에 올라왔다. C의 표정이 다시 펴졌고, 내 호칭은 그것으로 고정되었다. 한동안은 그랬다.

방송이 시작되고 서너 달이 지났을 때였다. 어느 날 아내가 물었다.

"일하는 거, 재미있어?"

보수도 나쁘지 않았고, 사무실도 가깝고, 몸에 익어서 일도 편했다. 그런 뜻을 전했더니 아내가 말했다.

"아니, 일이 재미있느냐고."

아내의 지인인 모 피디가 새로운 프로그램을 준비하는데 나랑 잘 맞을 거 같다는 거였다. 듣고 보니 재미있을 거 같았다. 하지만 몇 가지 단점들이 있었다. 회사가 엄청 멀고 보수는 현재의 절반을 넘을까 말까 했다. 무리를 한다면 두 개를 다 할 수도 있었겠지만 그러고 싶지 않았다. 고심 끝에 새로운 일을 하기로 마음을 정했다. 그리고 C의 자리로 찾아갔다. C가 부드러운 얼굴로 말했다.

"무슨 일이에요, 최 작가님?"

이런저런 사정이 있어 일을 그만두겠다고 하자, C가 인상을 찌푸리며 말했다.

"그게 무슨 소리예요? 지금 그럴 때가 아니지. 너무 무책임한 거 아니에요, 최 작가?"

호칭이 단번에 바뀌었다. 그렇다고 기분이 썩 나쁜 건 아니었다. 뭐 그 정도 호칭이 적당하다고 생각하고 있었으니까. 한 달 정도 더 도와주기로 하고 대화를 마쳤다.

한 달이 지나고 마지막 대본을 넘겼다. 스태프들이 모여 조촐하게 환송회를 하는데 C가 왔다. 술이 몇 순배 돌자 C가 말했다.

"우근 씨랑 재밌었는데, 아쉽네. 가끔씩 연락은 하고 살자고."

그로부터 2년 후, 모르는 번호로 전화가 왔다. 받고 보니 C였다. 나도 모르게 번호를 지워버린 모양이었다. 무슨 일이냐고 떨떠름하게 물었다. 긴급 편성된 특집 프로그램을 해야 하는데 같이 해보자는 거였다. 요즘 바쁘다며 튕기자 C가 다급하게 말했다.

"최 선생님, 꼭 도와주셔야 합니다. 도와주십시오, 최 선생님."

8.

막
잔

빈 소주잔을 채우며 이게 마지막 잔이야, 라고 생각한다. 벌써 다섯 번째 다짐이다. 잔을 비우며 친구를 건너다본다. 불콰한 얼굴에 미소가 감돌고 있다.

자식, 오랜만의 만남을 즐기고 있구나. 막차 시간을 가늠해 본다. 지금 일어나지 않으면 귀갓길이 험난해진다. 다시 친구를 본다. 그만 일어서자, 라는 말이 입에서 떨어지질 않는다. 친구가 저렇게나 원하는데, 내가 뭐라고.

잔을 부딪치고 쭈욱 들이킨다. 병을 들어 친구의 잔에 술을 채운다. 녀석이 손으로 잔을 막는다. 그리고 퉁명스레 말한다.

"너 집 없니? 그만 좀 일어서자, 제발."

타타타타 전철역을 향해 달려간다. 전철은 아직 여유가 있다. 문제는 열차에서 내린 다음이다. 전철역에서 우리 집까지 10분이 소요된다. 부동산 정보지에 따르면 그렇다. 하지만 그건 이봉주가 쉬지 않고 달렸을 때 얘기다. 나는 이봉주가 아니며 술도 꽤 마셨다. 마을버스를 놓치면 악전고투를 피할 수 없다. 진땀을 흘리며 전철역 계단을 경중경중 뛰어 올라간다. 걱정이 앞서 달린다. 막차가 남아 있어야 하는데…

오! 30대의 여자가 마을버스 정류장에 서 있다. 안도의 한숨이 새어나온다. 나는 여성을 신뢰한다. 여성들은 훨씬 정확하고 안정적이다. 적어도 내가 겪은 대개의 사람들은 그렇다. 그녀가 거기 있다는 건 아직 차가 남았다는 증거다. 처음 본 그녀에게 진한 동지애를 느낀다.

여자에게 다가가서 옆에 선다. 그녀가 흠칫 놀란다. 이해할 수 있다. 긴장을 풀어주려 웃어 보인다. 여자가 겁에 질려 주춤 물러선다.

잠시 후, 회사원 차림의 남자가 다가와 합류한다. 이제 세 사람이 같은 곳을 바라보며 서성인다. 3은 안정된 숫자다. 마지막 불안까지 녹아내린다.

시간이 흐른다. 1분, 2분, 3분… 버스는 오지 않는다. 여자를 본다. 그녀가 외면한다. 그리고 두어 걸음 자리를 옮긴다.

하지만 흔들리는 기색은 느껴지지 않는다. 회사원이 나를 돌아본다. 웃어준다. 그도 웃는다.

다시 시간이 흐른다. 1분, 2분… 하얀 승용차가 급하게 달려와서 멈춘다. 여자가 쪼르르 달려간다. 그녀의 볼멘소리가 들려온다.

"왜 이제 와? 이상한 아저씨 때문에 무서워서 죽을 뻔했잖아…"

쌍시옷으로 시작하는 남자의 말은 잘 들리지 않는다. 여자가 황급히 오르자 승용차가 떠난다. 맥이 풀린다. 회사원이 나를 흘끔 사납게 보곤 자리를 뜬다. 그의 혼잣소리가 들려온다.

"아이, 쌍…"

뒷말은 잘 들리지 않는다. 후회가 밀려든다. 한 잔만 덜 마실걸…

9.

**렛
미
인**

　서른을 코앞에 둔 어느 날. 내뿜은 담배연기처럼 멀어져 가는 하루를 돌아보다가 문득 아득해졌다. 아등바등 버텨내고 있구나, 라는 생각이 목덜미를 타고 앉았다. 더는 그러기가 싫어졌다.

　며칠 후, 나는 일을 그만두었고 부모님 집에서도 나오기로 결정했다. 그날부터 집을 구하러 다녔다. 모아 둔 돈도 없었거니와, 한 번도 떠나 본 적 없는 서울이 싫증났다. 무작정 근교를 돌아다녔다. 그러다 우연히 얼어걸린 게 양수리 주변의 그곳이었다.

그곳에서 그것과 조우하게 되리라는 걸, 물론 그때는 꿈에도 몰랐다.

경위는 기억나지 않는데 50대 초반의 남자를 우연히 만났다. 혼자서 살만한 집을 찾고 있다고 하자, 남자가 데리고 간 곳이 거기였다. 주인이 매물로 내놓은 곳이었는데, 남자는 새로운 주인이 나설 때까지 비어 있는 그곳을 관리하고 있었다.

거긴 강에서 대략 500미터쯤 떨어진 야산 끝자락에 자리 잡고 있었다. 철망으로 경계를 두른 대지 면적 600평의 제법 반듯한 땅에, 스무 평 남짓한 단층 주택과 커다란 축사 한 동이 나란히 서 있었다. 그 드넓은 공간을 나더러 다 쓰라는 것이었다. 그것도 월세 단돈 5만원에. 생각이고 뭐고 해볼 것도 없었다. 이거야말로 횡재가 아니고 뭔가?

-2-

다음 날, 나는 옷가지 몇 점과 컴퓨터를 싸들고 집을 나섰다. 친구의 차를 얻어 타고 한 시간 남짓 달려 관리인의 집에 도착했다. 차에서 내렸을 때, 친구가 느닷없이 오한이 온다며 바르르 떨면서 말했다.

"어째 으스스하다. 넌 괜찮냐?"

"12월인데 그럼 덥냐?"

바야흐로 본격적인 겨울이 시작되고 있었다.

월세 5만원을 건네자 관리인이 열쇠 꾸러미를 챙겨들고 나를 그곳으로 안내하며 전날 아껴두었던 말을 꺼냈다.

"동네 사람들이 외지인 별로 안 좋아해. 얼마 전에 무슨 작업을 한다는 놈이 와서 여자애 하나를 완전히 망쳐놓고 도망갔어. 행동거지 조심하는 게 좋을 거야. 아, 그리고…"

나를 설레게 했던 단층 주택을 가리키며 관리인이 말했다.

"이 집엔 들어가면 안 돼. 다 잠가놔서 들어갈 수도 없겠지만. 자네 방은 저 안에 있어."

관리인을 따라 비워진 지 오래된 축사 안으로 들어갔다. 거기엔 사람 울적하게 만드는 풍경이 기다리고 있었다. 여물통, 물통, 쇠스랑 같은 소를 먹이던 흔적들이 여기저기 널브러져 있었고, 지붕에 댔던 합판 쪼가리가 길게 찢어져 대롱대롱 매달려 있었다. 그래도 100평쯤 되는 그 공간이 나를 거부하는 것 같지는 않았다. 벽을 빙 둘러 통풍구들이 있었는데, 거기에 축축 늘어져 있던 낡깃낡깃 닳은 푸른색 스트라이프 나일론 천들이, 불현듯 푸르르 바람에 날리며 내게 손짓들을 해 보이는 것이었다. 해리포터가 아즈카반의 간수, 디멘터들에게 열렬한 환영을 받는 느낌이었다.

그 구석에 있는 두 평 남짓한 방이 내가 점유할 수 있는 공간이었다. 문을 열자 얼굴이 후끈 달아올랐다. 어찌나 허술한지 창이나 문을 통하지 않아도 밖이 보였다. 벽과 벽이 닿는 모서리가 살짝 벌어져 있었던 것이다. 그것으로 걱정 하나가 줄었다. 연탄으로 난방을 해야 하는데, 가스에 중독될 일은 없을 테니까. 관리인이 축사 가운데에 서서 우렁우렁 울리는 소리로 말했다.

"어때? 혼자 살기엔 이만하면 괜찮지?"

나를 위해 없는 시간을 쪼개준 친구가 말했다.

"이걸 집이라고 불러도 되는 거냐?"

-3-

친구를 보내고 나자 명랑한 기운이 스멀스멀 올라왔다. 환경이야 어떻든 내 인생에서 처음으로 독립한 거였으니까. 나는 밝고 맑은 기분으로 내 새로운 공간을 구석구석 살폈다. 어느 방향으로도 인가는 안 보였다.

조용하겠네, 마음에 들어.

화장실에 가려면 축사를 가로질러 뒷문으로 나가야 했다.

물론 푸세식이었다. 용변과 다리 운동을 겸할 수 있는 위치
와 구조였다. 다만 문이 없었다. 급할 때는 문도 거슬리는 법
이지.

좋아, 편리하겠다.

화장실 곁에 전날엔 보이지 않던, 잘 가꾼 묘지 3구가 나
란히 서 있었다.

음… 평화롭구나.

그리고 마당에서 보니 산 쪽 100여 미터 지점에 비석 없
는 봉분들이 즐비하게 널려 있었다. 뭔지는 모르지만 그건
흠… 흠….

대략 아름답다고 해두자.

-4-

그날 밤. 바람이 횡횡 휘파람 소리를 내며 축사를 흔들어
댔다. 손수건만한 창이 달캉달캉 박자를 맞췄다. 문득 소년
시절에 탐독했던 만화 한 편이 떠올랐다. 조치원이라는 이
름의 공포물을 주로 그리는 작가의 작품이었다. 아마도 소

년중앙 여름 특별호에 실렸던 거 같은데, 작가는 우리나라에서 귀신이 제일 많이 나오는 곳들을 순위 매겨 소개하고 있었다. 그중에 1위가 바로 그곳이었다. 두 개의 물이 만나는 곳이라 두물머리 즉 양수리라고 부르는데, 음기가 엄청 강해서 귀신들이 환장하고 흘러든다나 어쩐다나, 하는 내용이었다.

현재 내 위치로부터 대략 500미터 떨어진 곳에 귀신이 우글거린다니… 야속하게도 아랫배가 으스스해졌다. 화장실에 가려고, 방문을 열자 축사 천장에 매달린 합판 쪼가리며, 창문의 너덜너덜한 나일론 천들이 푸르르 소리를 내고 너울너울 춤을 추면서 또 나를 반겼다.

어헉, 어허헉. 신음을 뱉으면서도 누군가의 시선을 의식하지 않고 겁낼 수 있으니, 그럭저럭 견딜 만했다. 축사에도 밖에도 따로 조명이 없어 라이터 불에 의지해서 겨우 자리를 찾고 앉아서 보니 흠… 심장에 닿는 한기에 비한다면, 엉덩이에 닿는 바람은 차가운 것도 아니었다.

쪼그리고 앉자 오른쪽, 3구의 무덤이 정면으로 보였다. 그런 자세로 그 따위 짓을 하면서 눈을 맞추는 건 너무 무례한 행위인 것 같아 왼쪽으로 고개를 돌렸다. 그러자 손수건만한 내방 창문이 비스듬하게 보였다. 창문에 커튼 대용으로 보자기를 걸어두었는데, 한참을 보고 있자니 심장의 온도가 조금 더 낮아졌다. 갑자기 보자기가 걷힐 것 같았고,

그 뒤로 낯선 얼굴이 나타날 것 같았다. 차라리 무덤을 보는 편이 나았다.

-5-

거기서 처음으로 주민과 마주친 건 대략 일주일가량이 지난 어느 날의 일이었다. 자꾸 특정한 공간을 언급해서 민망한데, 그때도 문 없는 화장실로 들어가 자리를 잡는 참이었다. 다행히 대낮이어서 묘지도 창문도 그것이 지닌 이름 이상으로는 여겨지지 않았다.

그간 나다니는 사람을 본 적이 없어서 방심하고 있었다. 누군가 거기 있으리라는 생각은 해 본 적이 없었다. 그런데 기척이 느껴져서 고개를 들어 보니, 묘지 주변 철망 바로 앞에 웬 중년의 사내가 구부정하게 서서 물끄러미 이쪽을 바라보고 있었다. 일이 시작되고 있어서 바지를 올릴 수도 일어설 수도 없었고, 그래서 앉은 채로 꾸벅 인사를 했다. 사내는 답인사도 없이, 한마디 말도 없이, 그냥 물끄러미 지켜보다가 돌아서는 것이었다. 다소, 어처구니가 없었다.

주민들이 외지인을 좋아하지 않는다는 관리인의 말이 생각났다. 그걸 저런 식으로 표현한 것인가? 설마 좋아하지 않는 마음의 표출이 정례화되는 건 아니겠지? 그러니까 주민들이 조를 짜서 돌아가며 화장실 앞에서 무언의 농성을 한다든가, 하는.

다행히 그런 일은 일어나질 않았다. 마을과 그곳은 꽤나 떨어져 있었고, 주민들 얼굴을 보는 건 대략 그 정도의 주기였다. 그러니까 일주일에 한 번 정도?

-6-

교류는 없었지만 주민들은 나를 알고 있었다. 나는 마을 주민들에게뿐만 아니라 제법 광범위하게 알려져 있는 것 같았다. 한 번은 서울에 볼일이 있어 외출했다가 갈아타는 버스를 놓쳤다. 버스 정류장 부근에서 항상 대기하면서 마을 사람들을 주 고객으로 삼고 있는 택시를 탔다. 기사에게 내 거처의 위치를 설명하려는데 그게 쉽지 않았다.

"제가 어디를 가느냐면요, 어…"

내가 더듬거리자 택시기사가 말했다.

"돼지 식당 지나서 왼쪽 축사 가는 거잖아."

택시기사는 더는 말이 없었고 나도 할 말이 없었다. 아주 오래된 연인이 그러는 것처럼 말이 없어도 우리는 서로의 마음을 알았다. 마음이 편치 않았다. 택시에서도, 내 거처에서도.

대략 한 달이 지나가자 슬슬 적응이 되기 시작했다. 주민은 주민이고, 나는 나였다. 서로 도움도 피해도 주지 않고 따로 살아가면 되는 거였다. 그러기로 마음먹었고 그렇게 지냈다.

그런데 어느 날, 초대장이 날아들었다. 마을 원주민은 아니고 한두 해 전에 귀촌한 지식인 부부의 초대였다. 저녁 식사를 근사하게 대접받았고, 함께 차를 마셨고, 이런저런 얘기를 나눴고, 오랜만에 평화를 누렸다. 헤어질 무렵에 지식인이 말했다.

"여기 마을 이름이 뭔지 알아요?"

마을에서 조금 떨어져 살았지만 그 정도는 알고 있었다. 마을 입구에 한자로 커다랗게 쓰여 있으니까.

"덕촌마을이라고 알고 있는데요."

"그렇지. 덕 덕(德)자에 마을 촌(村), 그렇게 덕촌마을이에요. 근데 사실은 덕 덕자가 아니고 다른 뜻이 있는데… 최형이 알고 싶다면 알려드리고."

그러자 지식인의 부인이 낯을 찌푸리며 남편의 옆구리를 쿡 찔렀다.

"됐어요. 혼자 사는 사람한테 뭘 그런 걸. 차라리 모르는 게 나아요."

"왜, 알 건 알아야지."

"아우, 됐어요. 나는 아직도 그 근처는 발길도 안 하는데. 그 얘기할라면 나 없을 때 해요."

때리는 시어머니보다 말리는 시누이가 더 미웠다. 그녀가 귀를 막고 일어섰고, 나도 그녀만큼이나 귀를 막고 싶었다. 하지만 그건 예의가 아니었다. 지식인이 말했다.

"최 형 집에서 위로 보면 봉분들 있잖아요. 그게 뭔지 알아요?"

"뭔데요?"

"옛날에 부모보다 자식이 먼저 죽으면 가묘를 썼어요. 그걸 '덕'이라고 불렀어. 마을에 '덕'이 있다 그래서 덕촌 마을인 거예요. 거기 널린 게 다 덕이에요. 그러니까 그게 전부 애기 무덤들인 거지. 최 형 집에서는 바로 보여서 좀 거시기할 텐데… 아무래도 쌓인 한 같은 게 많을 테니까."

그 얘기를 들었을 때가 대략 자정 무렵이었고, 나는 곧 일어나야 했다. 그리고 내 거처는 그 덕 앞을 지나가야 했다. 전설의 고향이라든가, 전설 따라 삼천리라든가, 소년중앙 속의 조치원이 타박타박 내 뒤를 따라왔다.

그것이 찾아온 것은 그로부터 대략 일주일가량이 지난 어느 날의 일이었다. 평소와 다를 것 없는 하루였다. 해는 동쪽에서 떴다가 중천을 거쳐 서쪽으로 향했다. 나는 빈둥거렸고, 낮잠을 잤고, 일어나서 후회했고, 1.4KB짜리 번개 같은 통신망을 이용해서 세상을 살폈고, 그러다 보니 새벽이었다. 언제나 오늘보다 내일이 중요했으므로, 이제 내일을 위해 눈 좀 붙여 볼까, 하고 이불을 펴는데 밖에서 기척이 들렸다.

가만히 귀를 기울여보니 물소리였다. 흐르는 소리는 아니었다. 물방울이 일정한 높이에서 바닥으로 떨어지는 소리였다. 제법 풍부한 에코우를 동반하고 있었는데, 그건 〈전설의 고향〉의 동굴 장면에서 자주 접하곤 했던 바로 그 소리였다. 그 소리가 축사의 텅 빈 공간에 영롱하게 울려 퍼지고 있었다.

똥~ 똥~

어디서 물이 새나? 일어나려다 생각하니, 한겨울이었다. 며칠 동안 영하 15도를 밑도는 맹추위가 계속되고 있었다. 떨어지던 물도 얼어 퍼석 깨질 판에, 똥~ 똥~ 저 영롱한 소리는 뭐란 말인가?

소리가 점점 가까워지더니 이윽고 방문 바로 앞까지 와서 멈췄다. 소리가 멈췄다는 게 아니라 소리의 움직임이 그쳐 있었다. 소리는 그 자리에서 일정한 간격으로 계속됐다.

똥~ 똥~

소년중앙이 생각났고, 전설의 고향이 떠올랐고, 내 그리 길지 않은 인생의 수많은 순간들이 주마등처럼 지나갔다. 나는 노끈을 꼬아서 만든 문손잡이를 당겨서 벽에 박힌 못에 걸었다. 그렇게 할 수 있는 한 가장 튼튼하게 문을 잠그고 자리에 앉았다. 그리고 생각했다.

정체는 모르지만, 그리고 알고 싶지도 않지만, 어떤 존재가 왔다. 애기 무덤, 그러니까 덕에서 왔거나, 두물머리에서 왔거나, 아니면 덕에서 나와 두물머리에 몸을 적시고 왔거나, 하여튼 왔다. 형태상으로는 아마도 엎드려서 다니는 일본식의 그것은 아닐 거다. 그랬다면 소리가 달랐겠지. 이를테면 그것이 다가올 때,

철퍼덕, 질질…

철퍼덕, 질질…

걸어왔다고 하더라도 물은 몸을 타고 흘렀을 테니까, 소리의 질감 양감 울림으로 봤을 때 그것은 아마도 일정한 높이에 떠 있지 않을까? 저건 그래야 가능한 소리니까.

똥~ 똥~

철봉을 들고 와서 거기에 매달려 있는 건가? 설마.

아마 내게 뭔가를 주려고 오지는 않았을 거다. 나와 깊은 대화를 원하는 것도 아닐 거다. 소리의 저 전형성으로 보아,

아마도 전형적인 존재가 아닐까? 전형적인 그들이 전형적으로 그러하듯 자신이 잃어버린 뭔가를 찾으러 온 게 아닐까? 이를 테면,

내 다리 내놔라.

쥐가 내리는 머리를 마사지해가며 나는 계속 생각했다. 전설의 고향이라든지, 소년중앙 여름 특별호의 등장인물들은 대개 기척이 있는 곳으로 다가간다. 그리고 대개 그를 부른 기이한 존재와 동등한 처지가 된다. 하지만 저 존재의 의도는 나를 어딘가로 유인하려는 것이 아니다. 오히려 들어오고 싶어 한다.

나중에 〈렛 미 인〉이라는 영화를 봤을 때, 나는 저거야 저거, 하고 혼자서 흥분했다. 주인공인 흡혈 소녀는 남의 집에 절대로 함부로 침입하지 않는다. 집주인이 들어오라고 허락했을 때만 들어갈 수 있다. 아마도 공중에 떠서 물인지 물보다 진한 것인지를, 에코우를 섞어 떨어뜨리고 있는 그 존재가 원하는 것도 그것이었다고 나는 생각한다.

플리즈, 렛 미 인!

그런 부탁 따위 들어주고 싶지 않았다. 그 대신 나는 이불을 깔고 자리에 누웠다. 그리고 생각했다. 굳이 내가 영접을 하지는 말자. 저쪽이 누구든 어떤 존재이든 저쪽의 의사에 맡기자. 만약 저쪽이 저 철통같은 문고리를 부수고 억지로 밀고 들어온다면 어쩔 수 없겠지. 대면을 해야 하는 순간이

온다면 그때 하자. 절대로 내 손으로 문을 열지는 말자. 담력 시험 같은 건 다음에 언제든지 할 수 있다.

똥~ 똥~

그 소리는 끝도 없이 이어졌다. 대개의 희망이 그렇듯, 그때의 희망도 바닥에 깔려 있었다. 그 영롱한 물소리가 대략 20분가량 지속됐던 것 같다. 시계를 보니 3시 50분이었다. 그때 문득 이불 밑에 잠자코 있던 희망이 기어 나왔다.

4시가 가까웠다. 4시까지만 버티자. 그럼 이 상황은 지나간다. 새벽 4시는 심지어 택시기사들도 요금을 깎아주는 즐겁고 기쁜 시간이 아니던가?

남은 시간이라야 10분에 불과했지만 시간은 상대적인 것이었다. 그런 얘기야 많이 들었지만, 그때 경험해 보니 진짜로 그랬다. 시간이 그렇게 느릴 수가 없었다. 1초 동안, 5백 가지 잡생각을 하고도 쉴 여유까지 있었다. 그때의 시간 룰이 내 인생에 계속 적용됐다면 나는 아직 이런 노래에 눈시울을 적시고 있지 않을까?

또 하루 멀어져 간다. 내뿜은 담배연기처럼…

그래도 시간은 흘러갔다. 세속의 시간으로 대략 22년쯤? 아마 그 정도 느낌의 시간 동안 천장을 보며 두근거리고 있는데 뜻밖에도 닭 우는 소리가 들려왔다. 우주의 기운이 도와준다든지 하는 닭소리가 아니라 진짜 닭이 우는 쾌활한 소리였다. 그리고 잠시 후, 인근 사찰의 범종소리가 들려왔다.

그 두 개의 경건한 소리 중 어느 쪽이 힘을 발휘했는지는 모르겠다. 두 개의 소리가 합쳐져 에너지를 증폭시켰는지도 모르지. 어쨌든 뎅 꼬끼오, 뎅 꼬끼오가 몇 번인가 이어지더니, 어느 순간 물방울 소리가 사라졌다. 진짜로 거짓말처럼 뚝.

날이 밝을 때까지는 나가보지 않았다. 나중에 보니 문 앞엔 물의 흔적도, 물보다 진한 어떤 것의 자취도 남아 있지 않았다. 그것이 다녀간 후에도 별일은 없었다. 나는 그 후로 그곳이 팔려서 새 주인에게 쫓겨날 때까지 5개월여를 더 살았고, 더는 그런 일이 일어나지 않았다.

그 밤에 나를 찾아온 건 뭐였을까? 그때 문을 열었다면 어떤 일이 벌어졌을까? 아주 가끔, 두어 해에 한 번 정도 그때 생각이 났고, 나는 안도하곤 했다.

잘했어. 현명한 대처였어. 훌륭해. 살아 있어서 다행이야. 축하해.

하지만 그 기억을 정리하고 있는 지금, 생각이 달라졌다. 나는 그때 문을 열었어야 했다. 소년중앙과 전설의 고향의 주인공들이 그랬던 것처럼, 문을 열고 나가서 나를 찾아온 공포의 실체와 대면해야 했다. 그랬다면 나는 지금과는 조금 달라져 있지 않을까? 그게 바람직한 방향이든, 아니든 간에.

어쩌면 나는 여전히 줄을 꼬아 만든 문손잡이를 잡고, 문 안에 갇혀 떨고 있는 것은 아닐까?

Ⅳ

그

날

1.

트
루
먼
쇼

기차표를 예매해 놓고 서울역행 버스를 탔다. 기차 출발
대략 10분 전에 도착할 예정.

길이 막히면 안 되는데… 불안한 마음에 뒷문가를 서성
인다. 앞에 앉은 홍안의 청년이 통화를 시도한다. 매력적인
남 저음이 내 귀를 사로잡는다.

"어… 나야. 저기 있지… 어? 안 들려?"

"(조금 크게) 어제 우리 술 마시고… 안 들려?"

"(조금 더 크게) 어제 있잖아. 우리 1차에서 나올 때… 기
억 나? 그때 있잖아. 나 가방 메고 있었어?"

주저하던 청년의 목청에 점차 힘이 실린다. 아름다운 음

성이 차 안 가득 울려 퍼진다.

"너 아직 술 덜 깼어? 왜 말귀를 못 알아듣니? 니 거 말고 내 가방 말이야, 내 가방. 야 이 자식아. 정신 좀 차려 봐. 내 가방 기억 나냐고…."

버스가 다음 정류장에 멈춘다. 웬 아주머니가 버스에 반쯤 오르며 기사에게 묻는다.

"아저씨, 이거 서울역 가요?"

"가긴 가는데, 한참 돌아서 가요."

돌아가? 철렁, 가슴이 내려앉는다. 그때, 뒤쪽에서 "어머!" 비명이 들린다. 그리고 빨간 외투의 여인이 일어서며 소리친다.

"기사님! 차 세워주세요!"

청년의 무용담에 미련을 남긴 채, 버스에서 내린다. 그리고 새로운 서울역행 버스에 오른다. 빨간 외투 여인이 뒤를 따른다.

뒷문가에 자리를 잡는데 빨간 외투가 다가선다. 피하고 싶다. 서너 걸음 물러나자 그녀가 그만큼 다가온다. 이것은… 아름다운 동행? 혹은 민망한 동지애?

그녀가 내 코앞으로 핸드폰을 들이밀고 뭔가를 열심히 조작한다. 코레일 열차 예매 화면이다. 멈춘 예매완료 화면이 빠르게 클로즈업된다.

헉! 남은 시간은 8분. 남은 버스 정류장은 3개. 그녀가 혹시 현재 시각을 착각한 것은 아닐까? 무리라고 말해주는 것이 인간된 도리 아닐까? 그녀와 나는 범상한 인연이 아니지 않은 가? 얼마 전에 목격한 동네 여인들의 배틀이 떠오른다.

"앞자락이 넓으면 제 무르팍이나 덮지, 웬 오지랖이야 오 지랖이!"

오지랖을 포기한다. 그 대신 내 맘 저 깊은 곳에서 작은 외침을 끌어올린다.

으샤으샤

으샤으샤

남은 시간 7분, 남은 정류장 2개. 오, 빠르다!

으샤으샤

으샤으샤

남은 시간 5분 30초, 남은 정류장 1개. 타는 사람도 내리 는 사람도 없다. 가능해, 가능해!

으샤으샤

으샤으샤

버스가 막 정류장을 벗어나려다가 멈춘다. 저 앞 신호등 이 빨간불이다. 뒷문 기둥을 쥔 그녀의 손, 정권부위가 하얗 게 바랜다. 그녀의 등 뒤에서 환청이 들려온다.

째깍째깍

째깍째깍

째깍째깍

파란불이다! 버스가 달린다. 이제 남은 시간은 4분. 과연 그녀는 제 시간에 닿을 수 있을까? 그녀는 모르겠고 내 입술은 타들어간다.

버스가 서울역 환승센터로 진입한다. 남은 시간 3분. 드디어 서울역 역사가 나타난다. 아직은… 아직은, 가능하다! 라고 생각하는 순간 차가 멈춘다. 앞차가 움직이지 않는다.

그녀의 왼손에 들린 핸드폰이 거칠게 켜진다. 발권된 승차권이 화면에 뜬다. 그녀의 시선이 화면과 창밖을 빠르게 오간다. 그녀의 엄지가 화면의 우측 하단에 가 닿는다. 즉시 예매가 취소된다. 그녀와 내가 동시에 한숨을 토한다.

하….

까닭모를 패배감과 피로가 밀려든다. 나도 모르게 역사 앞 흡연부스로 이끌린다. 문득 창에 붙은 문구가 눈에 들어온다. '흡연실 이용 시 주의사항'이다. 그중 첫 번째 문구가 마음에 걸린다.

가래나 침을 바닥에 뱉지 마세요.

뭔가 석연치 않다. 뭐지, 이 느낌은? 의문을 해소하기 전에는 그 앞을 떠날 수 없다. 정신을 집중하여 그 문장을 꼼꼼히 뜯어본다.

가래나 침…?

가래침이 아니라 가래 혹은 침이라는 말이지? 두 분비물의 분리배출이 가능하단 말인가…?

새 담배에 불을 붙이다가 등골이 오싹해진다. 하나하나의 에피소드들은 그저 우연으로 보인다. 하지만 전체를 보니 어떤 기운이 느껴진다.

이것은 신화다! 모든 과정이 신화의 서사구조와 일치한다.

보이지 않는 힘이 영웅의 길을 가로막고 있다. 먼저 우회하는 서울역행 버스가 동원된다. 영웅이 그걸 알아채지 못하도록, 홍안의 주정뱅이 청년이 등장한다. 영웅은 그 특별한 서사에 정신을 뺏긴다. 사악한 음모는 거의 성공할 뻔한다.

그때 영웅을 돕는 선한 존재가 등장한다. 길을 묻는 아주머니로 변신한 요정이다. 영웅은 너무 늦기 전에 제 궤도로 돌아간다.

하지만 보다 정교해진 새로운 음모가 등장한다. 빨간 외투의 여인이다. 그녀의 인상적인 행위에 영웅은 목적을 망각한다. 예매 실패는 빨간 외투의 의도된 행위다. 정신적인 피로를 부추겨서 영웅을 흡연실로 몰아넣는 것이 숨은 목적이다. 결국 영웅은 '흡연 시 주의사항'이라는 심리적인 미로에 갇힌다.

그렇다는 것은 바로 내가 영웅이라는…? 하하 그럴 리가 없잖아.

앗! 번쩍 눈이 뜨인다. 이 이야기의 진짜 구조는 트루먼 쇼다! 사람들이 합심해서 나를 바보로 만들고 있다. 모든 에피소드들이 내 에너지와 시간을 묶어두고 있다.

보다 본질적인 궁금증이 후두부를 강타한다. 기차가 몇 시에 떠나더라…?

헛! 출발이 임박했다!

뛰자!

2.

기차는 한 시에 떠나네

　서울역에서 부산행 KTX에 오른다. 오후 1시 정각에 출발하는 열차다. 열차에 오른 시각은 12시 52분. 평일 오후의 열차는 적막하다.

　내 자리는 창가다. 창밖으로 건너편 플랫폼에 정차한 열차가 보인다. 내 옆자리는 비어 있다. 흠… 숨을 고른다. 지금부터 출발할 때까지가 제일 설레는 시간이다. 저 빈자리에 누가 앉을까?

　기대를 밀치고 기억들이 떠오른다. 험상궂은 남자와 왕조 시대를 사는 노인. 애써 떨쳐내고 마음을 진정시킨다. 나쁘지 않아. 푹 잘 수 있으니까.

눈을 감는다. 이번엔 아름다운 이미지가 빈자리로 다가온다. 육감적이고, 도발적이며, 개방적이고, 유머러스하며, 지적이면서, 동시에 백치스러운 미인. 완벽을 바라진 말자. 미인이면 된다. 턱수염이 있어도 상관없다. 콧수염만 없다면.

출발 시각이 다가온다. 나는 여전히 비어 있는 옆 자리를 흘끔거린다. 출발은 혼자인 채로가 좋다. 자리가 채워지는 건 늦을수록 좋다. 다음 역, 그 다음 역, 또 그 다음 역… 매번 실망하고, 아쉬움을 뒤로 하고, 조바심으로 새로운 역을 맞이하는 것이… 그 한없이 연장되는 설렘이 좋다.

어쩌면 격렬하게 그리워만 하는 편이 나을지도 모르겠다. 미인이 곁에 앉는다고 내가 뭘 어쩌겠는가? 차창에 비친 실루엣 흘끔거리는 거 말고 내가 뭘 할 수 있을까? 틀림없이 거기 있어줘서 고마웠단 소리도 못하고 떠나보내겠지.

그나저나 이상하다. 객차에 여전히 나 혼자다. 평일 점심 때라고는 해도 너무 썰렁하다.

마침내 약속된 시간이다. 미동도 없이 열차가 뒤로 움직였…. 착각이다. 출발한 것은 건너 편 플랫폼에 정차해 있던 열차다. 아련하게 역내 방송이 들려온다.

"부산행 1시, KTX 열차 출발합니다."

저것은… 내가 탔어야 할 열차다. 조용히 짐을 챙겨든다. 그리고 이제야 열차에 올라 빈자리를 채우는 사람들을 거

슬러 1시 15분 출발, 부산행 열차에서 내린다.

　작은 생활형 교훈을 뇌리에 새긴다. 다음에는 열차 번호를 꼭 확인해야지.

3.

금강반야바라밀경

아내와 함께 장인을 모신 납골당에 다녀왔다. 절에서 운영하는 수천의 영가(영혼)를 모신 곳이다. 독실한 불교신자인 장모님의 부탁으로, 아내는 고인께 인사를 드리고는 금강경을 읽어드렸다. 나도 달리 할 일이 없어서 경내에 비치된 우리 말 금강경을 가져다 읽었다.

금강경은 불교의 중요한 경전인데, 부처와 애제자인 '수보리'의 문답으로 이루어진 깨달음의 책이다. 육조 혜능선사는 원래 까막눈이었다. 그런데 어느 날, 누군가가 금강경 읽는 소리를 얻어 듣는 것만으로 크게 깨달았다. 혜능은 그 길로 출가했고, 훗날 선종의 슈퍼스타가 되었다.

별 생각 없이 펼쳐들었던 것인데, 금세 책에 빠져들었다. 연륜이 쌓여서 그런가? 몇 구절 읽었을 뿐인데 속이 울렁울렁했다. 그렇게 30분가량을 보내고 장인어른께 인사를 했다. 긴 통로를 지나다가 나도 모르게 노래 하나를 흥얼거렸다. 게송은 아니었다.

"비바람이 치던 바다 잔잔해져 오면 오늘 그대 오시려나…"

왜 이런 노래가…? 조금 당황스러웠다. 오늘의 주제와 전혀 상관없는 노래가 아닌가? 듣던 아내가 킥킥댄다. "왜?" 하고 묻다가 문득 깨닫는다. 노래 제목이 〈연가〉다. 납골함마다 '최○○ 영가', '김○○ 영가'라고 붙어 있는 걸 보고는 내 무의식이 발음이 비슷한 노래 하나를 건져 올린 모양이다. 아내가 말했다.

"여보, 크게 불러. 이분들 그런 노래 못 들은 지 한참일 거야."

절집을 나서니 어디나 그렇듯 사하촌 식당 안내판이 즐비하다.

"저녁 뭐 먹지?"

아내 말에 몇 개의 간판을 훑다가 나도 모르게 한 곳에 눈이 머문다.

"보리밥 먹자."

말하는 순간, 얼굴이 화끈 달아오른다. 금강반야바라밀경 그 어마어마한 경전으로 누군가는 깨달음을 얻고, 나는 보리밥을 건졌구나.

오랜만에 멈춰 서서 나를 들여다본다. 연가에 보리밥이란 말이지? 아, 얕고, 얕다.

4.

걱정 말아요 그대

나도 모르게 노래를 흥얼거릴 때가 있다. 선곡은 대개 랜덤이다. 좋아하는 노래일 때도 있고, '어라? 내가 왜 이런 노래를?' 하고 놀랄 때도 있다. 마음이 내 생각 따위 신경 쓰지 않고, 제멋대로 골라 혀에 척 올려놓는 거다.

오늘이 꼭 그랬다. 다행히 싫어하지 않는 곡이었다. 언젠가 밥을 하다가 기겁했던 '아아, 잊으랴 어찌 우리 그날을…' 따위의 노래는 아니었다는 얘기다. 전인권의 〈걱정 말아요 그대〉라는 노래였다.

그런데 몇 번이나 반복해서 흥얼거리다가 문득 노랫말이 걸렸다. 첫 소절이자 주제부가 그랬다. 이 노래가 이렇게 냉소적이었나? 그 동안은 몰랐다. 듣다 보면 왠지 뭉클해지면서 걱정 따위 스륵 사라졌었다.

다시 불러봤다. 화가 났다. 너무 이기적이고 편협하다. 게다가 이어지는 가사가 너무 파격이다. 파격을 넘어 모순이다. 자기분열이다. 풍자도 아니고 이건 뭐지? 그러고 말았으면 잊었을 걸, 이 녀석이 혀끝에 붙어 당최 떨어지질 않았다.

슬슬 전인권이 걱정됐다. 노래의 열기가 식고 사람들이 이 사실을 깨닫게 되면 너무 무책임하다고 입방아를 찧어대지 않을까? 그럼 이 양반 상처 깨나 받게 될 텐데.

다른 이들은 어찌 생각하는지 인터넷을 뒤지다가 우연히 가사를 봤다. 내가 불렀던 노래와 대동소이했다. 그러면서도 따뜻했다. 차가운 구석이라곤 없었다. 왜지?

꼼꼼히 살핀 끝에 그 까닭을 알게 됐다. 내가 부른 노래와 단어 하나가 달랐다. 원래 가사는 이렇다.

그대여 아무 걱정하지 말아요.
우리 함께 노래합시다.

나는 이렇게 불렀다.

그대여 남의 걱정하지 말아요.
우리 함께 노래합시다.

오! 한 단어를 삐끗했을 뿐인데 이렇게나 다르네? 후끈 얼굴이 달아올랐다. 그 동안 오해와 오독으로 얼마나 많은 사람에게 화를 내고 미워하고, 주제도 모르고 걱정했던 것일까? 물론 화를 낼 땐 내야 한다. 미워할 사람은 미워해야지. 걱정 할 일 있음 해야 한다. 하지만 그러기 전에 먼저 꼼꼼히 좀 살피고.

그 와중에 노래가 다시 저 홀로 흥얼거려졌다.

"그대여 남의 걱정하지 말아요.
우리 함께 노래합시다."

5.

6
밀
리
인
간

  우리 동네 담배 가게 아줌마는 친절하다. 신속하고 정확
하다. 고객들의 모든 정보가 머릿속에 입력돼 있다. 가게에
서 나는 입을 열 필요가 없다. 돈만 지불하면 된다.

  내가 들어가면 아줌마는 웃는 얼굴로 목례를 보낸다. 동
시에 손이 자동으로 담배를 찾는다. 그녀는 한 번도 내 담배
를 틀린 적이 없다. 모든 것을 기억하고 있으니까.

  어느 날, 우연히 마주친 아내에게 아줌마가 아는 척을 했
다. 담배 가게에 가본 적이 없는 아내는 당황했다. 아내가 물
었다.

  "저를 아세요?"

"당연히 알죠."

"제가 누군데요?"

"○○아파트 디스플러스 아저씨 사모님이시잖아요. 맞죠?"

아저씨와 사모님이라니. 놀랍게도 그녀는 우리 집의 상하관계까지 꿰뚫고 있다.

아줌마는 모든 것을 기억한다. 그리고 그 기억으로 세계를 재구성한다.

얼마 후, 나는 담배를 바꿨다. 종류는 바꿨지만 독극물의 함량은 같다. 6밀리그램이다. 대개의 흡연자들이 그러는 것처럼 나도 피우던 담배만 고집한다. 오늘은 변덕이 났다. 눈부시게 노란 낙타 담배가 눈에 들어왔다.

"저거 주세요."

등 뒤 담배 진열대로 향하던 아줌마의 손이 허공에서 멈춘다. 짧은 침묵. 아줌마가 고개를 갸웃하며 말한다.

"낙타 담배요…?"

"네, 낙타 담배요."

"이건… 8미리예요."

아줌마의 심기가 불편해 보인다. 나는 다소 당황스럽다.

"아, 그런가요…?"

아줌마의 손이 다시 원래 내가 피우던 담배로 향한다. 나는 다급하게 말한다.

"저, 저기요…"

아줌마가 어색한 미소를 지으며 말한다.

"저건 8미립니다. 아저씨가 피우는 건 6미리구요."

"아, 예…"

까닭 모를 죄책감이 든다. 해서는 안 될 요구를 하는 느낌이다. 하지만 그럴수록 그 노란 담배를 갖고 싶다.

"저도 그건 아는데요…"

"아저씨 담배는 그 전에도 6미리였어요."

"물론 저도 알죠. 하지만…"

아줌마가 딱딱하게 굳은 얼굴로 말한다.

"낙타 6미리는 어떠세요?"

"네?"

"낙타 담배도 6미리짜리가 있거든요."

더 이상은 버틸 수 없다. 내가 뭐라고 그녀라는 한 우주의 질서를 붕괴시키겠는가?

"네, 그거… 그거 주세요. 낙타 6미리."

우리 동네 담배 가게 아줌마는 모든 걸 기억한다. 그 기억으로 세계를 재구성한다.

그녀의 세계에서 나는 6밀리 인간이다.

6.

오
해
의

진
화

　그 정육점은 2년 전에 생겼다. 그때부터 그 집에 일주일에 한 번쯤 간다. 손님이 줄을 서는 집은 아니다. 사장 혼자 멍하니 있을 때가 훨씬 많다. 나도 정육점 사장도 말이 그리 많은 편은 아니다. 대개 필요한 대화만 나눈다.

　개업하고 1년쯤 지났을 때, 사장이 물었다.

　"요리를 직접 하세요?"

　나는 그렇다고 대답했고 사장은 고개를 끄덕였다. 그게 전부였다.

대략 반년의 시간이 흘러갔다. 진열장의 고기를 살피는데 사장이 말했다.

"요리를 잘하시나 봐요."

"아뇨, 뭐…."

그렇게 얼버무리는데, 사장이 돼지등뼈를 내밀었다.

"서비습니다. 이건 푹 삶아서…."

사장이 뭔가 요리법을 설명하려다 입을 닫았다. 그리곤 쑥스럽게 웃으며 말했다.

"잘하시는 분한테 제가 괜히…."

그리고 또 시간이 흘러갔다. 엊그제 일이다. 고기를 골라 계산을 하는데 사장이 말했다.

"어떻게 그렇게 요리를 잘하세요?"

나는 대답하지 않았다. 그저 미소만 지었다. 사장이 고개를 끄덕였다. 침묵을 통해 내 요리 실력이 진화하고 있다.

7.

커
피
아
메
리
카

동네 빵집 유리문에 '원두커피 판매'라고 쓰여 있다. 피곤하던 터라 안으로 들어서며 주문한다.

"여기 커피 주세요."

커피머신 뒤에서 사장으로 보이는 중년남자가 모습을 드러낸다. 순간, 나는 멈칫 걸음을 멈춘다. 뒷덜미에 슬그머니 불안이 내려앉는다. 그 검고 도회적인 음료와는 어쩐지 어울려보이질 않는 남자다. 막걸리라면 또 모를까. 겉모습과 달리 남자가 상냥하게 묻는다.

"무슨 커피 드릴까?… 아메리카?"

나는 살짝 놀라 남자를 다시 본다. 아메리카… 내가 아는 커피와 80프로가 같다. 다만 20프로가 부족하다. 한 끗 차이일 뿐인데 굉장히 생경하다. 그냥 나갈까? 머뭇거리는데 남자가 재차 확인한다.

"무슨 커피 드려요? 아메리카?"

나는 속으로 외친다.

"노!"

커피 아메리카를 들고 빵집을 나서면서 아메리카노의 유래를 찾아본다. 때는 2차 세계대전 당시. 장소는 유럽. 아직 커피에 익숙하지 않은 미국 병사들에게 유럽인들이 즐겨 마시는 에스프레소는 너무 썼다. 거기에 물을 타서 마셨다. 유럽인들이 보기엔 황당하고 웃기는 짓이었다. 그래서 미국병사가 마시는 커피를 아메리카노라고 부르며 마음껏 비웃어주었다. 아메리카노에는 미국 놈들이나 마시는 구정물 정도의 비아냥이 담겨 있다.

조심스럽게 커피 아메리카를 한 모금 마신다. 뜻밖에도 아메리카스럽지 않다. 깊고, 부드럽고, 향기롭다. 다행이다.

8.

**말
이

고
파
서**

　하품이 쏟아지던 어느 한낮. 낯선 번호의 전화가 온다. 망
설이다가 받는다.

　"최우근 씨 되시죠?"

　누구지? 아는 목소리 목록을 떠올려서 뒤져본다. 없다. 누
구시죠? 내가 묻자 상대가 경직된 소리를 낸다.

　"검찰청 특수붑니다. 사기범을 체포했는데, 조사를 하는
와중에 최우근 씨 명의로 된 대포통장이 발견됐습니다…"

　어쩌고저쩌고 말이 길다. 내용보다 그 억양에 신경이 간다.
중국 교포 사투리다. 아, 누군지, 왜 걸었는지 알겠다. 그 유명

한 보이스피싱이다. 구구하게 이어지는 상대의 말을 끊는다.

"그러니까… 검찰에 출두하면 되는 거죠?"

상대가 반색을 한다.

"예. 반드시 출두해야 합니다. 긴데 그 전에…"

"연변으로 가면 되나요?"

"에? 뭐라고요?"

"연변 검찰청에 며칠, 몇 시까지 가면 되느냐구."

잠시 침묵. 이윽고 상대가 흐흐흐 헛웃음을 흘린다. 그 뜻밖의 반응을 나도 흐흐흐 헛웃음으로 받는다. 상대의 웃음이 커진다. 한동안 서로 웃음을 주고받는다. 이윽고 상대가 긴장을 버린, 풀어진 소리로 말한다.

"야, 너 어떻게 알았니?"

"그 말투를 누가 못 알아듣겠니? 그딴 짓해서 살려면 우리 말 훈련이라도 해라. 날로 먹으려고 들지 말고."

"아… 기렇게 티가 나나…?"

상대가 구시렁구시렁 중얼댄다. 전화를 끊으려는데 상대가 붙든다.

"야야, 긴데… 여기 연변 아냐. 연변은 완전히 촌이구… 사람 살 데가 아니다."

이놈… 뭐지? 괜히 호기심이 돋는다.

"연변이 아니면 어디냐?"

"청두."

"청두?"

"여기 진짜 끝내준다."

그리고 청두 자랑을 한참이나 늘어놓더니 이렇게 맺는다.

"한번 놀러 오라."

"뭐?"

"청두에 놀러 오라고."

"가고 싶어도 돈도 시간도 없다."

"야, 왜 기렇게 사니? 시간이야 만들면 있는 거구, 돈이야… 차비만 갖고 오라, 내가 재워줄게."

진짜 이놈, 뭐지…? 한동안 갸우뚱거리다가, 쉬지 않고 이어지는 말을 듣다 보니 고개가 끄덕여진다.

이놈, 말이 고팠구나. 말로 사람을 낚는 게 직업이지만, 자기가 하고 싶은 말은 해본 지 오래됐구나. 그 동안 목적에 매인, 정해진 대사만 해왔구나. 그러다 뜻밖의 상황에 풀어진 것이로구나.

슬슬 잠도 깨고 흥미도 사라진다. 마지막으로 한마디를 던진다.

"야, 너 꼭 그 짓을 해야 하니?"

머뭇대던 놈이 의기소침하게 말한다.

"야, 내가 하고 싶어서 하갔니? 먹고 살라니 어쩌갔니?"

"하지 마."

"기건 내가 알아서 할 문제고."

"나한테 전화 또 할 거니?"

"내가 뭐하러 하겠니?"

"그래 잘 지내고."

전화를 끊는데 놈의 목소리가 이어진다.

"야야, 잠깐만. 기냥 하는 말이 아니구, 청두는 한번 놀러
와라. 여기 진짜 좋다…"

9.

그
날

오랜만에 대학 후배를 만난다. 30년 묵은 인연이다. 이런 저런 이야기 끝에 후배가 말한다.

"30년 전 그날, 기억나요?"

안 난다. 어제 아침에 생긴 일도 기억 안 나는데 무슨.

"신촌에서 둘이 한잔했잖아요. 왜…"

그랬겠지. 그땐 늘 신촌이었으니까.

"기억나죠?"

안 난다. 하지만 솔직해지기엔 후배의 눈빛이 너무 아련하다. 살짝 고개를 돌려 후배의 시선을 사선으로 받는다. 후배가 말한다.

"그날 이후 내 인생이 바뀌었어요."

이건 또 무슨 소리? 덜컥 가슴이 내려앉는다. 그날, 무슨 일이 있었던 거지? 굳이 그 말을 꺼낸 이유가 뭐야?

거북아 거북아 머리를 내밀어라.

내밀지 않으면 구워서 먹으리.

거북이 머리는 보이질 않는다. 나는 돼지고기를 구우며 잔꾀를 부린다.

"그건 그렇고…"

은근슬쩍 말길을 돌리려는데 후배가 말 머리를 잡아챈다.

"그날…"

후배와 눈이 맞는다. 나는 슬쩍 외면한다. 후배의 추궁이 이어진다.

"형이 저한테 한마디를 했어요. 기억해요?"

못한다. 후배가 엷게 웃는다. 나도 엷게 웃는다. 속이 타들 어간다.

거북아 거북아 머리를 내밀어라.

내밀지 않으면…

"사장님! 소주 한 병 추가요."

전형적인 화제 전환의 기술. 하지만 통하지 않는다. 후배는 집요하다.

"그때까지 저는…"

시선은 사선을 유지하는데, 나도 모르게 귀가 건너편의 후배에게 쏠린다.

"아시잖아요, 그때 저 어땠는지."

30년 전, 녀석의 모습이 떠오른다. 새하얀 얼굴, 윤기 흐르는 갈색머리, 최고급 가죽점퍼… 부잣집 도련님 풍모를 지금은 찾아볼 수 없다. 누런 얼굴, 푸석한 백발, 늘어진 면티… 후배가 말한다.

"만약 형이 그 말을 하지 않았다면, 나는 그대로 살지 않았을까?"

후배가 살짝 입을 벌리고 웃는다. 안쪽의 누런 금니가 번득인다. 나는 엉덩이 걸음으로 슬쩍 물러난다. 내가 도대체 무슨 말을 했길래?

거북아 거북아 제발…

후배가 잔을 든다. 나도 조심스레 잔을 든다. 후배가 말한다.

"고마워요, 형."

후배가 환하게 웃는다. 후배를 정면으로 보며 나도 따라 웃는다.

거북아 됐다.

후배와 다음을 기약하며 헤어진다. 집으로 향하는 걸음
이 가볍지 않다. 인생은 가지 않은 길의 연속이다. 내가 가
는 길 뒤엔 늘, 가지 않은 길이 남는다. 나는 한 인간의 인생
길을 열어주었을지도 모른다. 하지만 그게 녀석의 편안한 길
을 막은 건지도 모르지. 기억도 못 하는 단 한마디 말로.

거북아 거북아, 나는 도대체 무슨 짓을 한 것이냐?

어느 날 청량리 역전을 지나는데 문득 걸음이 무거워
졌다. 집에 와서 살피니 옷자락에 기억 하나가 묻어 있었
다. 온몸이 쿵쿵 요동쳤다. 내 심장에 직접 연결되어 있
는 기억이었다. 가만히 들여다보았다. 30년 전의 내가 청
량리 밤거리를 헤매고 있었다.

나는 스무 살의 나를 따라 늙은 창녀를 다시 만났다.
그녀는 여전한 모습으로 나를 맞았고, 우리는 그날 거리
에서의 그 짧은 시간을 다시 함께 했다. 그녀와 헤어져
현실로 돌아왔을 때, 나는 그녀가 내 속 어딘가에 지워
지지 않는 흔적을 남겨 놓았다는 것을 알았다.

그리고 기억으로 통하는 문이 열렸다. 나는 기억들을
하나둘 찾아다녔다. 어떤 기억은 어제 일처럼 선명했고,
어떤 기억은 안개 속에서 나를 반겼다. 나는 그 속을 헤
집고 다니면서 수많은 '나'를 만났다. 어떤 나는 계단 저
아래에 있었고, 어떤 나는 계단 저 위에 있었으며, 어떤

나는 엉뚱한 곳을 헤매고 있었다. 이제 내가 어디에 서 있는지 대략은 알 것 같다.

《숏타임》은 그렇게 내가 다시 만난 사람들, 풍경들, 치명적인 우유와 절망적인 젤리에 대한 이야기이다. 거기서 내가 얻은 웃음들, 작은 온기, 사소한 위안이 당신에게도 가닿았으면 좋겠다.

　모두에게 고맙다. 내 이야기에 얼굴을 비친 등장인물들은 물론이고, 내게 환상과 굴욕을 차례로 안긴 우유와 싸구려 불량 젤리도 안아주고 싶다. 내가 이야기들을 올릴 때마다 웃어주고 공감하고 지지해준 페친들에게 인사하고 싶다. 고맙다. 당신들이 있어 여기까지 왔다.

《숏타임》이 책으로 나올 수 있도록 도와준 모든 분들에게 또한 고마움을 전한다.

2018년 1월

최우근

숏 타 임

1판 1쇄   2018년 1월 29일

지은이   최우근

펴낸이   손정욱

마케팅   라혜정

회계·관리 김윤미

펴낸곳   도서출판 답

출판등록 2015년 2월 25일 제 312-2015-000063호

주 소   서울시 마포구 합정동 433-28 2층

전 화   02 324 8220

팩 스   02 3141 4934

이 도서의 국립중앙도서관 출판예정도서목록(CIP)은
서지정보유통지원시스템 홈페이지(http://seoji.nl.go.kr)와
국가자료종합목록시스템(http://www.nl.go.kr/kolisnet)에서
이용하실 수 있습니다.

ISBN 979-11-87229-13-1   03810

* 책값은 뒤표지에 있습니다.

.